A Senhora das Velas

Walcyr Carrasco

A Senhora das Velas

Principis

Esta é uma publicação Principis, selo exclusivo da Ciranda Cultural
© 2024 Ciranda Cultural Editora e Distribuidora Ltda.

Texto
© Walcyr Carrasco

Editora
Michele de Souza Barbosa

Preparação
Fátima Couto

Revisão
Fernanda R. Braga Simon

Produção editorial
Ciranda Cultural

Diagramação
Linea Editora

Design de capa
Ana Dobón

Ilustrações
César Muñoz

Dados Internacionais de Catalogação na Publicação (CIP) de acordo com ISBD

C313s	Carrasco, Walcyr
	A senhora das velas / Walcyr Carrasco ; ilustrado por Cesar Munhoz. - Jandira, SP : Principis, 2024.
	128 p. : il; 15,50cm x 22,60cm.
	ISBN: 978-65-5097-232-5
	1. Literatura brasileira. 2. Espiritualidade. 3. Jornada. 4. Sobrenatural. 5. Família. 6. Amor. I. Munhoz, Cesar. II. Título.
2024-2047	CDD 869.8
	CDU 821.134.3(81)

Elaborado por Lucio Feitosa - CRB-8/8803

Índice para catálogo sistemático:
1. Literatura brasileira 869.8
2. Literatura brasileira 821.134.3(81)

1ª edição em 2024
www.cirandacultural.com.br
Todos os direitos reservados.
Nenhuma parte desta publicação pode ser reproduzida, arquivada em sistema de busca ou transmitida por qualquer meio, seja ele eletrônico, fotocópia, gravação ou outros, sem prévia autorização do detentor dos direitos, e não pode circular encadernada ou encapada de maneira distinta daquela em que foi publicada, ou sem que as mesmas condições sejam impostas aos compradores subsequentes.

Sumário

Parte Um
Orelhudo
7

Parte Dois
Sem família
29

Parte Três
A estrada
55

Parte Quatro
Prima Augusta
77

Parte Cinco
Vida
107

PARTE UM

Orelhudo

Capítulo 1

Pãozinho quente. Barulho de chinelo. Vovó. Galinhas cacarejando e até o cheiro das penas molhadas.

Muito, muito tempo depois, Felipe ainda se lembraria dos ruídos, dos aromas, das mil sensações que anunciavam o amanhecer. A cada vez teria a mesma saudade, idêntico desejo de abraçar a avó, ouvir a voz do pai, tomar o leite morno e açucarado com queijo fresco feito em casa. Ah, que saudade daquele tempo repleto de abraços calorosos!

Acordava cedo, logo depois do canto do galo. Abria a janela de tábuas velhas e deixava o sol iluminar o assoalho gasto, de madeiras soltas e pregos enferrujados. Não se cansava de admirar o verde do sítio, a claridade do céu, de respirar o ar gostoso do amanhecer, úmido de orvalho. Era uma sensação deliciosa deixar o olhar se perder vendo a paisagem tão bonita! Mal tinha noção da pobreza em que vivia, da perpétua falta de dinheiro da família. Sua vida era simples, mas repleta de amor. O dinheiro não parecia ter tanta importância.

A roupa era a mesma de sempre. Não tinha nada novo. Usava os tênis velhos, já apertados, tão apertados que os dedões tinham aberto um buraquinho na ponta. Nos últimos tempos, até mesmo um sabonete perfumado se tornara um luxo impossível. A avó juntava os restos de sabão e derretia no fogo, fazendo depois novas barras.

Felipe era muito ligado em cheiros. Como o dos lençóis. A avó, apesar de ter muito trabalho, sempre trazia os lençóis bem branquinhos. Ah, aquele cheirinho de limpeza... ah... lembrava-se do tempo da mãe! Lembranças eram tão vagas...

Pouco se recordava de quando sua mãe era viva. Ele se lembrava dos dedos delicados fazendo cafuné em seus cabelos, do som de uma voz feminina mais suave do que a da avó. De todas as recordações da mãe, a principal eram suas risadas cheias de alegria! Por mais longe que ela estivesse, por mais impossível de alcançar que fosse, de uma coisa ele sabia: o amor nunca terminava! A mãe continuava viva em seu coração.

A vida em casa era boa. Mas, na escola, um sofrimento! Suas roupas, velhas e remendadas, mais pobres que as de qualquer outro, eram motivo de deboche. Muito pior eram suas orelhas. Ninguém o chamava pelo nome. Só de Orelhudo.

Não era muito enturmado. Os colegas gostavam de fazer brincadeiras de mau gosto com ele. Certa vez roubaram seu tênis logo após a aula de esporte. Ficou desesperado. Um atirava o tênis para o outro, rindo, enquanto ele corria, tentando pegá-lo, feito joão-bobo.

– Tem tanto chulé que é melhor jogar no rio! – gritava um garoto.

Um grande medo tomou conta de Felipe. E se perdesse um pé do seu único par de tênis? Pulou em cima do menino. Este jogou para outro.

De repente foi salvo. Uma garota, filha do dono do bar da rua logo adiante, aproximou-se deles. Tão brava que nem fez esforço para tirar o tênis da mão de um garoto, totalmente sem jeito diante da fúria da menina. Ele o devolveu.

– Chega!

Os garotos pararam, a risada desapareceu do rosto deles.

A menina estendeu o tênis para ele.

– Obrigado – agradeceu Felipe.

– Meu nome é Celeste. E o seu?

– Felipe.

A partir de então, os dois ficaram amigos.

Sua família nem sempre fora tão pobre assim. Já conhecera dias bem melhores. O sítio era arrendado. A terra pertencia a um grande fazendeiro, plantador de trigo, mas a família trabalhava com aquela terra havia gerações. Ano após ano, seu bisavô, seu avô e agora seu pai trabalhavam duramente e dividiam a produção com o bisavô, o avô e o atual proprietário da terra. O negócio parecia bom para todos, e tinham a impressão de que o arranjo continuaria geração após geração. O avô morrera logo depois da mãe de Felipe.

Ficaram ali no campo a avó, ele e o pai para lavrar a terra, plantar milho e feijão, adubar, colher, vender as sacas, comprar sementes e cuidar das galinhas.

Todas as sextas-feiras o pai e a avó saíam para vender ovos e galinhas. A escola ficava a alguns quilômetros do sítio, em uma cidadezinha próxima. As galinhas eram vendidas em uma cidade um pouco maior, onde já tinham clientes fiéis. Muita gente ainda preferia ovos e frangos caipiras, considerados mais saborosos do que os de granjas.

O problema era o caminhãozinho...

Vivia em péssimo estado. O motor roncava e parava com frequência. De tão acostumado com os problemas, o pai de Felipe, Antônio, sempre dava um jeito de fazê-lo funcionar. Nem que fosse para chegar até o mecânico.

– Este aqui não tem mais jeito, conserto uma coisa, quebra outra – dizia sempre o mecânico.

– Ano que vem me livro dessa lata-velha! – prometia o pai. Esperava pela próxima colheita, que, tinha certeza, seria mais farta.

As visitas do dono das terras, seu Baltazar, eram sempre tensas: ele reclamava da produção, mesmo recebendo metade de tudo.

Havia uma razão para tamanha rispidez. Quando jovem, Baltazar fora apaixonado pela mãe de Felipe, mas ela conheceu Antônio e trocou o fazendeiro por um colono, algo com que o homem nunca se conformara.

Magoado, ele se casou logo depois com uma jovem da cidade, e suas filhas nasceram antes de Felipe. Eram mais velhas do que ele. Uma já estava quase em idade de ir para a faculdade. A outra não demoraria muito. Embora tivesse se casado antes do fazendeiro, a mãe de Felipe teve dificuldade para engravidar. O parto de Felipe fora complicado, difícil, mas ela queria uma família maior e fez uma nova tentativa. Mas faleceu por complicações durante o final da gestação. O bebê também não resistiu.

Talvez devido às recordações, o senhor Baltazar ainda permitia que a pequena família de Felipe continuasse arrendando as terras. Muitas vezes, quando ia ao sítio, Baltazar olhava para Felipe de um jeito diferente, com emoção.

– Você tem os olhos idênticos aos da sua mãe! – dizia, desviando o rosto.

Certa vez, em um dia de muita tristeza, Felipe perguntou à avó:

– Vó, por que minha mãe morreu?

A avó deu uma resposta que no futuro mudaria a vida de Felipe, uma resposta que um dia o moveria através de um mundo misterioso e desconhecido.

– **Foi a vela da sua mãe que apagou. Quando a vela apaga, a pessoa vai embora deste mundo.**

– Vela?

– Quando cada pessoa nasce, uma vela é acesa.

Segundo a avó lhe explicou, para cada vida existe uma vela. Enquanto a chama da vela está acesa, a pessoa vive.

– Mas um dia a chama apaga ou a vela termina! – concluiu ela.

– E onde ficam todas as velas? Sim, todas as velas, as que pertencem a todas as pessoas do mundo que estão vivas? – insistiu Felipe.

– Ficam em uma grande caverna toda de pedra, em uma ilha no meio de um lago, sempre bem guardadas, para que não se apaguem antes do tempo!

– Guardadas por quem?

– Pela Senhora das Velas.

Felipe quis saber onde ficavam esse lago, essa ilha e essa caverna repleta de velas. A avó sorriu e indicou o espaço.

– Lá.

– Nas nuvens?

A Senhora das Velas

– Não, Felipe, em um lugar que não é lá nem aqui. Em outro mundo ao qual não podemos chegar e que não podemos conhecer, pelo menos em carne e osso, pelo que eu sei. O mundo onde fica a passagem das almas de uma vida para outra.

Felipe não entendeu muito bem o que a avó queria dizer. Que história estranha! Imaginou se também havia uma vela, uma vela só dele, com uma chama bem acesa. Sentiu o peito se aquecer, como se a chama da vela iluminasse seu pequeno coração.

Mas nunca se esqueceu da história da Senhora das Velas.

Capítulo 2

 Felipe ainda não podia imaginar os acontecimentos que em breve mudariam completamente sua vida. Mas, em uma noite de quarta-feira, teve um sonho diferente de qualquer outro. Tão diferente que nem parecia um sonho. Na manhã seguinte ele se lembrava de tudo como se fosse... uma viagem!

 Despertou com um vento forte entrando pela janela do quarto. Sentou-se na cama. A janela se abriu lentamente, como se tivesse sido empurrada pela mão de alguém. Um arrepio lhe percorreu o corpo. Que arrepio terrível! Teve vontade de gritar, mas a voz não saiu. Era como se ele estivesse mudo!

 Então, um rapaz entrou pela janela. Inicialmente, só pôde ver sua silhueta mergulhada nas sombras do quarto. Mesmo assim, não sentiu medo. Fascinado, notou que ele parecia voar! Flutuou por alguns instantes acima do chão e depois aterrissou bem devagar na beira da cama.

 Sem dizer uma palavra, o rapaz estendeu a mão. Apesar de todo o mistério, Felipe sentiu uma confiança instintiva. Colocou sua mão sobre a do rapaz, e este o puxou de leve. Felipe percebeu que estava saindo da cama. Flutuando!

 Voaram através da janela, subindo sempre. Felipe não ousou olhar para baixo. Foram subindo, ajudados pelo vento – como se o vento se transformasse em uma espécie de rio através do qual pudesse nadar no espaço. Parecia realmente que o estranho personagem de asas nos pés nadava. Batia as pernas com as sandálias aladas, exatamente como Felipe fazia no rio! Mil pensamentos atravessaram sua cabeça. Para onde estariam indo? Qual o motivo daquela estranha viagem?

Aproximaram-se de uma nuvem com as bordas iluminadas pela luz. Sempre conduzindo Felipe pela mão, o rapaz mergulhou na nuvem. Que surpresa!

Era como se a nuvem fosse a passagem para outro universo. Assim que atravessaram, Felipe se viu diante de uma enorme catedral, nada parecida com a pequena igreja de sua cidade, que costumava frequentar aos domingos. Tinha quatro torres enormes, pontiagudas, e uma escadaria imensa, que conduzia até uma porta gigantesca. Por um instante veio à sua memória o desenho de uma catedral parecida, de um livro trazido pela professora, que passara de mão em mão por todos os alunos. Ficava em um país muito distante.

O rapaz o deixou em frente ao primeiro degrau da catedral.

Nunca estivera lá. Mas sabia que devia entrar.

Subiu, degrau por degrau. A escadaria parecia interminável, como se o número de degraus aumentasse à medida que ia vencendo um a um. Finalmente, chegou à porta – uma gigantesca porta de madeira com placas de ferro. Respirou fundo e atravessou o umbral.

Uma luz tênue, azulada, entrava pelas janelas estreitas e compridas, com enormes vitrais.

Felipe estava sozinho, ali. Ouviu uma música suave, de uma sonoridade que não conhecia. Uma grande calma o invadiu.

Caminhou para o interior.

Ouviu o som de passos leves. Passos que se aproximavam.

Do interior do templo, uma mulher vinha em sua direção. Trazia dois castiçais, cada um com uma vela acesa. Felipe observou o rosto pálido, iluminado pelas velas, os enormes olhos azuis, amendoados como os de uma grande gata, e a pele branca, tão branca como nunca pensara existir. Nos cabelos, um véu de tecido branco, quase transparente. Em seus olhos, uma grande tristeza.

Soprou um vento, não se sabe vindo de onde – um vento que parecia ter vida própria, pois mal tocou os cabelos de Felipe, nem sequer mexeu os véus que encobriam os cabelos da mulher. Era um vento gelado. As duas velas estremeceram. As chamas diminuíram.

Lentamente, a mulher ergueu o primeiro castiçal. Assoprou. A primeira vela se apagou. Felipe teve vontade de se atirar sobre a mulher e agarrar o segundo castiçal, para que a chama da vela também não fosse extinta. Não houve tempo. A segunda vela se apagou. A catedral mergulhou novamente nas sombras.

Assustado, Felipe fechou os olhos.

Ondas tão geladas quanto o vento do inverno invadiram seu coração. Ele estreitou os olhos. Quis gritar, mas só conseguiu emitir um gemido surdo, como se o grito estivesse acorrentado pelo sofrimento. As lágrimas escorreram por suas faces. Quando conseguiu abrir os olhos, estava de volta a sua cama. A janela batia, aberta pelo vento gélido.

Assustado, Felipe se levantou e olhou para fora. Não havia nenhum rapaz com asas nos pés. Ninguém. Nenhum barulho estranho. Só o vento nas folhas, gravetos dançando no chão, o pio de uma coruja. E a coruja aumentou sua tristeza.

Fechou a janela. Não conseguia dormir, tocado por aquele sonho estranho. O rosto daquela mulher ficou gravado na sua memória.

Capítulo 3

De manhã, acordou com uma febrezinha. Acabou não indo à escola. Passou o dia todo na cama, a insistente febre a tomar conta de seu corpo.

No fim da tarde a avó entrou no quarto com uma caneca de leite quente com mel e um pedaço de bolo de farinha de milho com canela, bem quentinho, polvilhado com açúcar. Mas nem o bolo descia pela garganta. A avó perguntou o que havia. Não parecia ser só febre. Felipe queria explicar. Não sabia como.

– Tive um sonho bem esquisito, vó.

A avó fez um carinho nos cabelos dele.

– Sonhos são só sonhos. Não fique assustado.

A avó se levantou, saiu do quarto e logo voltou com as duas coisas que Felipe mais gostava de ver: o álbum de retratos e a caixa de moedas antigas. Eram o tesouro da família. A avó mostrava uma por uma e contava a história de cada uma delas: a que a amiga que se casara com um italiano lhe trouxera, a que ganhara de uma professora, quando ela ficara sabendo da coleção de moedas, a que o padre holandês dera ao pai dela, para que ele presenteasse a avó no Natal... Felipe já sabia todas as histórias de cor, mas não se cansava de ouvi-las.

A avó continuou mostrando a coleção. Felipe se preparou para o melhor momento, aquele em que veria o tesouro mais importante. Ela tirou uma bolsinha de couro bem gasto. Abriu-a. Puxou sua moeda mais preciosa: um dobrão de ouro.

– Foi o pai do meu pai que o trouxe da Espanha quando veio para cá – explicou a avó. – Veio com a mulher e dois filhos pequenos. A viagem de navio durava meses. Meu avô tinha consigo apenas duas moedas, dois dobrões de ouro como este, e um relógio de bolso. Apesar de tudo, conseguiu guardar uma das moedas e o relógio.

A avó revirou o dobrão muitas vezes.

– Este é o meu bem mais precioso! – comentou. – Nunca tive fortuna na vida. Mas tenho este dobrão.

Subitamente, ela olhou para o garoto com uma ternura enorme.

– Agora ele é seu.

No início, Felipe não entendeu. O dobrão de ouro? O bem mais precioso de sua avó?

– Meu? Meu de verdade?

A avó explicou com delicadeza:

– Ele sempre esteve destinado a ser seu, querido. Para quem mais haveria de ficar? Sinto que chegou a hora de ele ser seu de verdade. Você já está tão crescido! Guarde-o com cuidado!

Felipe só conseguiu dizer, apertando a moeda na mão:

– Prometo, vovó. Prometo. Vou guardar muito bem guardado!

Na manhã seguinte, acordou sem febre, para alegria da avó.

Era manhã de sexta-feira. O pai e a avó iriam levar ovos e galinhas para vender na outra cidade. Isso significava que Felipe teria uma carona. Mas não podia se atrasar! Lavou-se rapidamente, vestiu-se e foi para a cozinha tomar café, enquanto o pai carregava a carroça com os ovos e os frangos.

Dalila, a cachorra da família, costumava acompanhá-los em todas as idas à cidade para fazer as vendas. Era uma cachorra muito comportada e muito amiga de Felipe.

Quando tudo estava pronto, os três se acomodaram na cabine do caminhãozinho. A cachorra ficou aos pés do menino.

A viagem curta no dia frio fez Felipe cochilar novamente. Quando acordou, já estavam na estrada, perto da escola. Deu um beijo na avó e desceu.

Nem dera dois passos, sentiu uma enorme vontade de voltar, entrar na cabine, abraçar o pai e beijar a avó mais uma vez.

Mas o ronco do motor já anunciava que eles estavam partindo. Viu a mão enrugada acenar pela janela, enquanto o caminhãozinho se distanciava.

Capítulo 4

Já estava quase no final da aula quando a diretora bateu à porta e entrou, muito séria. Cochichou com a professora e chamou Felipe.

Surpreso, ele tentou pensar no que teria feito de errado.

A diretora pediu:

– Venha comigo, Felipe. Precisamos conversar.

Assustado, acompanhou a diretora até a sala dela, tão temida por todos. Ainda mais séria, ela se sentou e depois pediu que ele se acomodasse na cadeira que ficava em frente à dela.

– Você tem algum parente?

O rumo da conversa era cada vez mais estranho. Respondeu:

– Só meu pai e minha avó.

– Mais ninguém?

Não, não sabia de mais ninguém. Seus avós paternos haviam morrido antes de seu nascimento. Por um instante, pensou em como era estranho ter uma família tão pequena. A maioria das pessoas tinha tios, tias, primos, primas. Felipe não conhecia ninguém e tampouco ouvira falar que existisse mais alguém na família.

De repente, a diretora falou algo completamente sem sentido...

— Sabe, seu pai e sua avó não chegaram.

Que conversa... Claro que ainda não haviam chegado! Deviam estar vendendo ovos e galinhas. Não, não podia ser isso. A diretora não ia perder tempo para avisar uma coisa que acontecia todas as sextas-feiras. Só podia ser um recado. Quem sabe, o caminhão quebrara de novo. Talvez fosse o motor.

— Nem sei como dizer, Felipe. — Silenciou um instante. Respirou fundo e voltou a falar: — O caminhão de seu pai derrapou numa curva, já perto da outra cidade. Quem viu teve a impressão de que seu pai ainda tentou brecar.

Felipe sentiu um arrepio, um frio no estômago.

— Mas ele brecou, não brecou?

Mais uma vez ela lhe lançou um longo olhar. Permaneceram um instante em silêncio, e ele percebeu que não queria ouvir mais nada. Queria sair correndo da sala. Mas, ao contrário, ainda se agarrou às palavras:

— Mas ele brecou, não brecou? — repetiu.

— Não, ele não conseguiu. O freio não funcionou.

O freio! O mecânico tinha dito que aguentava! Felipe deu um pulo na cadeira.

— Eles ficaram machucados, diretora? Estão no hospital? Olhe, eu tenho que falar para a minha avó que ela não precisa se preocupar, eu prometo que cuido das galinhas, que não falto à escola, que tomo banho todos os dias, até, até, até...

A diretora fez que não com a cabeça.

— O caminhão caiu no barranco, Felipe.

Mais um instante de silêncio.

— Eu queria ter um jeito melhor de dizer isso, mas não encontro. Seu pai e sua avó morreram, Felipe.

A cabeça de Felipe parecia que ia estourar; parecia que o ar lhe faltava. Então, lágrimas abundantes começaram a correr de seus olhos. Uma dor intensa invadiu todo o seu corpo. Lágrimas, muitas lágrimas. Dor. De repente, todo o seu corpo doía. Parecia que estavam enfiando uma faca em seu peito.

— Eu preciso saber. Você tem alguém? Um parente, uma tia, um primo, alguém para a gente chamar?

– Não, ninguém. Eu não tenho ninguém!

Ninguém. Não tinha mais ninguém.

Felipe caiu no chão, chorando. A última imagem que veio à sua cabeça foi a do sonho. Da estranha mulher de olhos amendoados apagando duas velas à sua frente. Duas chamas. Duas vidas.

PARTE DOIS

Sem família

Capítulo 1

Mais tarde, quando se lembrava dos dias seguintes, Felipe não sabia dizer com precisão como as coisas aconteceram: o enterro, a pergunta não respondida sobre Dalila. Ninguém sabia dela nem falou de seu corpo.

Nos primeiros dias, ficou na casa de uma vizinha, em um sítio próximo. Todas as manhãs, ia tratar das galinhas e da vaca leiteira. Era estranho entrar em sua casa vazia. Sabia que tudo ainda ia mudar, que sua vida tomaria outro rumo. Mas para onde iria? Só sentia vontade de chorar, chorar, chorar.

Alguns dias depois do enterro, quando foi ao sítio, notou que havia menos galinhas. Viu que as portas da casa estavam abertas. Tudo revirado. Abriu o armário do quarto da avó: a coleção de moedas também desaparecera! Só haviam deixado o álbum de retratos. Correu para o quarto do pai. Não havia mais nada lá. Nem as roupas velhas. Apavorado, lembrou-se de seu tesouro, ao qual não dera mais tanta importância, dominado pela tragédia.

Teriam descoberto o esconderijo do dobrão de ouro?

Voou até o armário. Examinou a caixa. A bolsinha de couro continuava lá, no fundo, onde deixara. Ninguém dera por ela, no meio de livros velhos. Tirou um pé do tênis e escondeu o dobrão dentro da meia.

Quando voltou para a casa da vizinha, observou o galinheiro. Parecia bem mais cheio. Reconheceu algumas delas.

– A senhora pegou as nossas galinhas. Onde estão as coisas da minha avó e as do meu pai? Também sumiram da minha casa.

– Imagine que preciso daqueles trastes velhos! – ela rebateu.

Tomado pelo desespero, Felipe gritou:

– Quero minhas coisas de volta!

Começou, então, uma grande confusão. Os dois filhos da vizinha partiram para cima de Felipe. Sabendo que não tinha a menor chance contra os rapazes, o menino disparou pelo meio da plantação.

Quando deu por si, já estava na cidade, parado em frente ao bar do pai de Celeste.

– Soube o que aconteceu com seu pai e sua avó – disse a garota.

O bolo na garganta do menino cresceu de novo, mas ele não podia chorar. Precisava de ajuda!

Finalmente, conseguiu explicar. Estavam roubando a casa. Não podia confiar nos vizinhos que o tinham acolhido. Nem tinha coragem de voltar para lá. Mesmo as poucas lembranças da família tinham desaparecido.

– Espere – disse Celeste.

Ela foi para dentro. Demorou um pouco. Voltou com uma senhora.

– Minha mãe teve uma ideia! – explicou ela.

Em rápidas palavras, a mulher o aconselhou a procurar o padre. Contar tudo. Segundo soubera, fora devido ao pedido dele que a vizinha o acolhera.

Felipe e Celeste foram até a igreja.

– Hoje você fica aqui. Vou encontrar uma solução – disse o padre, acalmando o menino.

Naquela noite, Felipe dormiu na casa do padre. Havia muito tempo não se deitava em uma cama tão macia.

No dia seguinte, logo após o almoço, o fazendeiro Baltazar chegou. O padre explicou:

– Ontem, depois que você foi dormir, falei com várias pessoas daqui. Queria encontrar um lugar para você ficar.

– Mas eu tenho a minha casa! – respondeu Felipe.

O padre meneou a cabeça.

– Você não pode. Ainda não tem idade para viver sozinho.

Com paciência, o padre explicou a situação. Ele teria de ficar sob a guarda de alguém. Ou ir para um orfanato, já que não tinha parentes vivos. Até completar a maioridade, dali a uns bons anos.

– Mas e minha casa?

– Baltazar vai cuidar de você, Felipe. De hoje em diante, você vai morar na casa dele.

– E a minha cama, as minhas coisas?

– Mais tarde vamos pegar suas roupas, seus cadernos, os livros da escola. Em casa, você terá uma cama nova – explicou Baltazar.

Foram embora em uma caminhonete enorme, diretamente para a antiga casa de Felipe. As poucas roupas foram colocadas em uma sacola. Felipe segurava o álbum de fotografias bem apertado contra o peito.

Quando chegaram à casa da fazenda, Baltazar tirou do bolso o relógio de corrente que fora do avô e, mais tarde, do pai de Felipe.

– O delegado entregou o relógio para o padre com os documentos da família. Agora é seu.

Por um breve instante, Felipe teve vontade de abraçar o fazendeiro. O relógio! Sentiu o coração aquecido. Tinha o dobrão de ouro, o álbum de fotografias e o relógio! Era pouco, mas significava muito! Voltou a ter esperança. Quem sabe, viver na casa de Baltazar não seria tão mau assim.

Capítulo 2

O otimismo de Felipe acabou assim que ele pôs o pé dentro da residência do fazendeiro. Nunca entrara em uma moradia tão grande, verdade seja dita. A mulher de Baltazar, Alda, era alta e usava os cabelos presos em um coque.

No momento em que os olhos de Felipe se encontraram com os da dona da casa, ele soube que não era bem-vindo.

Para surpresa de Felipe, entretanto, ela sorriu, como se gostasse dele.

– Ah, é esse o coitadinho!

As duas filhas, Graça e Glória, cochicharam. Felipe teve certeza de que falavam de suas orelhas.

Sentiu o rosto se ruborizar. Não queria chacotas, brincadeiras de mau gosto. Queria um sorriso quente, como eram os abraços da avó. Queria que conversassem com ele, não que rissem dele.

O fazendeiro trocou algumas palavras com a mulher, pedindo que cuidasse do menino, e despediu-se, dizendo que voltaria no fim da tarde. Felipe foi levado a um quarto enorme, no fundo do corredor. Enquanto Alda arrumava as roupas dele no armário, Felipe ficou parado perto da porta.

Ouviu a mulher cochichar com as filhas:

– Só trapo.

Olhando para Felipe, disse:

– Vá tomar um banho. E não demore muito. Depois arrumo roupas novas para você usar. – Indicou uma porta e disse: – Use aquele banheiro.

O jantar fora em silêncio. Alguma coisa dizia a Felipe que Alda nunca iria gostar dele. Rapidamente ele se retirara para o quarto, tentando se acostumar com a nova casa, com as novas pessoas.

A noite caíra. Os ruídos haviam cessado. A família se deitara. De repente, percebeu a silhueta de um cachorro através da janela. Parecia Dalila! Será que a cachorra se salvara? Iria até lá fora. Se fosse Dalila, estalaria os dedos e ela viria.

Deslizou pelo corredor, descalço, tentando não fazer barulho. Assim que passou pela porta do quarto do casal, ouviu vozes irritadas. Baltazar e Alda estavam discutindo.

– Sei muito bem por que trouxe esse menino para cá! – dizia Alda.

– Ele não tem mais família, o que eu podia fazer?

– Foi por causa dela, não foi? Da mãe. É parecido com a mãe! Você nunca esqueceu a mãe desse menino, nunca!

– É só um menino sem família – Baltazar respondeu, calmo.

– Não teve boa educação, posso apostar. E vou provar isso a você.

Assustado, Felipe não quis ouvir mais nada. Voltou correndo para o quarto, as lágrimas correndo pelo rosto.

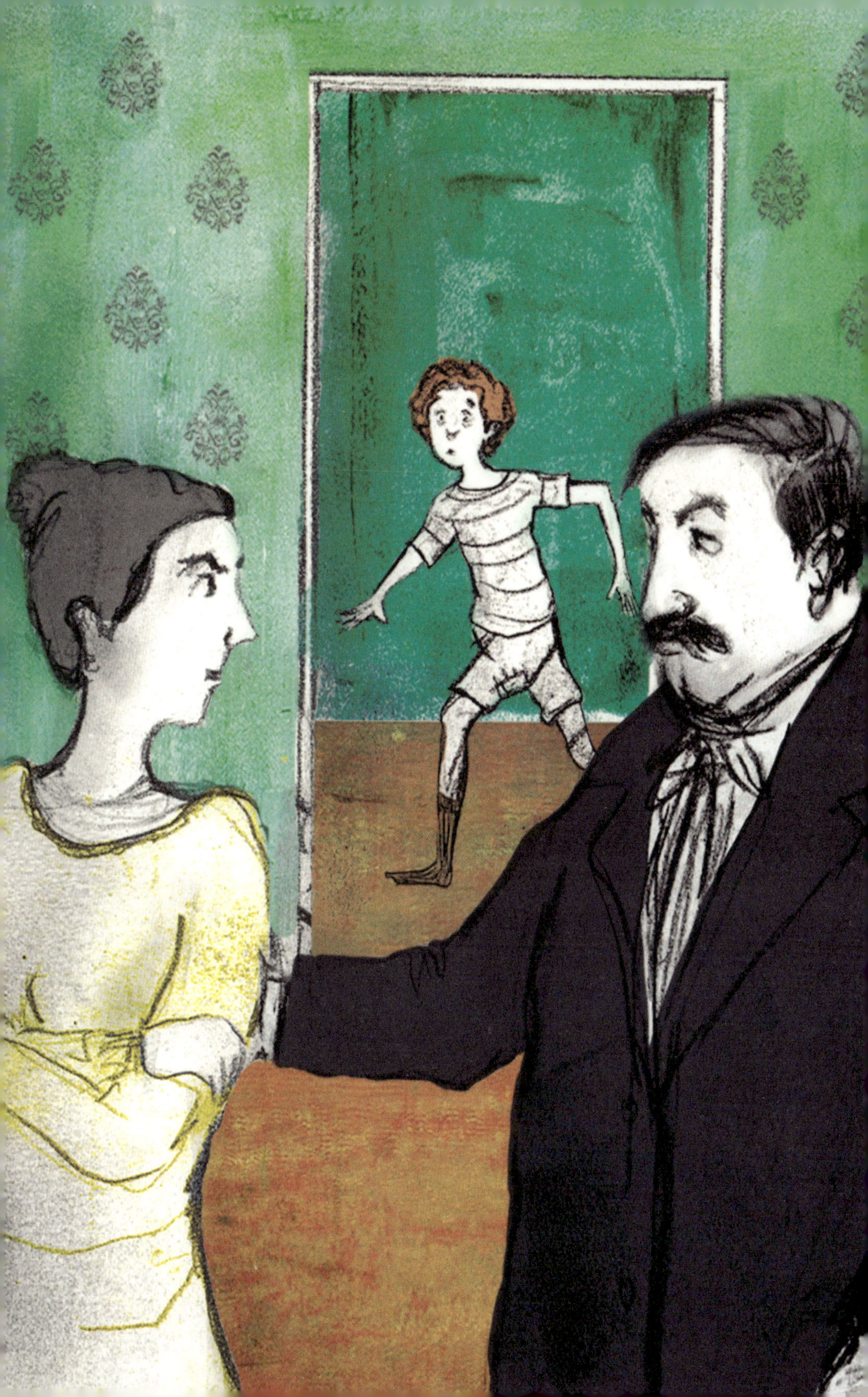

Capítulo 3

No café da manhã, Felipe sentia muito sono por causa da noite maldormida.

Alda olhava para ele com ar de crítica. As filhas cochichavam. Riam. Ele terminou de tomar o leite e pediu licença. Como estudava no período da manhã, ia caminhando até a cidade.

No meio do caminho, decidiu ir à sua verdadeira casa. Queria encontrar Dalila. Se ela tivesse se salvado, poderia estar na casa.

Quando estava chegando, ouviu um barulhão. Ao se aproximar, parou, horrorizado. Um trator derrubava a casa.

– Para, para! Você está derrubando minha casa!

– São ordens do seu Baltazar!

Felipe ficou parado, decidido a não deixar que o trator acabasse com a casa de uma vez.

Dois peões se aproximaram de Felipe e o agarraram. Não adiantou o menino se debater.

Parou de lutar. As lágrimas secaram.

Voltou para a fazenda. Esperou a chegada de Baltazar na porteira.

O fazendeiro parou a caminhonete e desceu, surpreso.

– Você mandou derrubar minha casa! – acusou Felipe.

– A casa nunca foi de vocês – respondeu Baltazar, com cuidado. – Deixei vocês ficarem lá porque era um acordo antigo. Agora vou usar a terra para plantar trigo, como sempre quis. – Então Baltazar pôs a mão nos ombros de Felipe, em um gesto de conciliação, e disse: – Você está começando uma vida nova, garoto. Esta é a sua casa agora. Está sujo de pó. Entre, eu levo você até a sede. Precisa tomar banho.

Felipe quis dizer que aquela nunca seria a sua casa, mas o homem parecia tão gentil...

Entrou na caminhonete e, enquanto Baltazar dirigia, Felipe ficou olhando para o horizonte, em silêncio. Não entendia como sua vida mudara tão de repente.

Ao chegarem à sede, Alda olhou para Felipe e disse:
– Deixei roupas novas sobre a sua cama. Vá tomar um banho.

Inacreditavelmente, a mulher estava sendo muito simpática. Ninguém questionou por que ele não fora à escola. Glória e a irmã não cochicharam quando ele passou por elas. Algo estranho estava acontecendo.

Felipe passou a tarde no quarto e só desceu para jantar. Alda e as filhas o trataram muito bem, o que fez com que Baltazar sorrisse de contentamento. Parecia que tudo estava muito bem, mas algo ainda martelava na cabeça do menino.

Naquela noite, Felipe teve um sonho cujo significado só iria descobrir mais tarde.

Estava em sua antiga casa, no quarto, deitado, para dormir. A porta se abriu. Levou um susto, surpreso, porque a avó voltara, com o mesmo sorriso de antes. Trazia um copo de leite morno com açúcar, que Felipe bebeu rapidamente. E também o álbum de fotografias.

– Você precisa partir – disse a avó.

O menino estranhou: a avó nunca falara tão firmemente. Ela bateu com o dedo no álbum de fotografias.

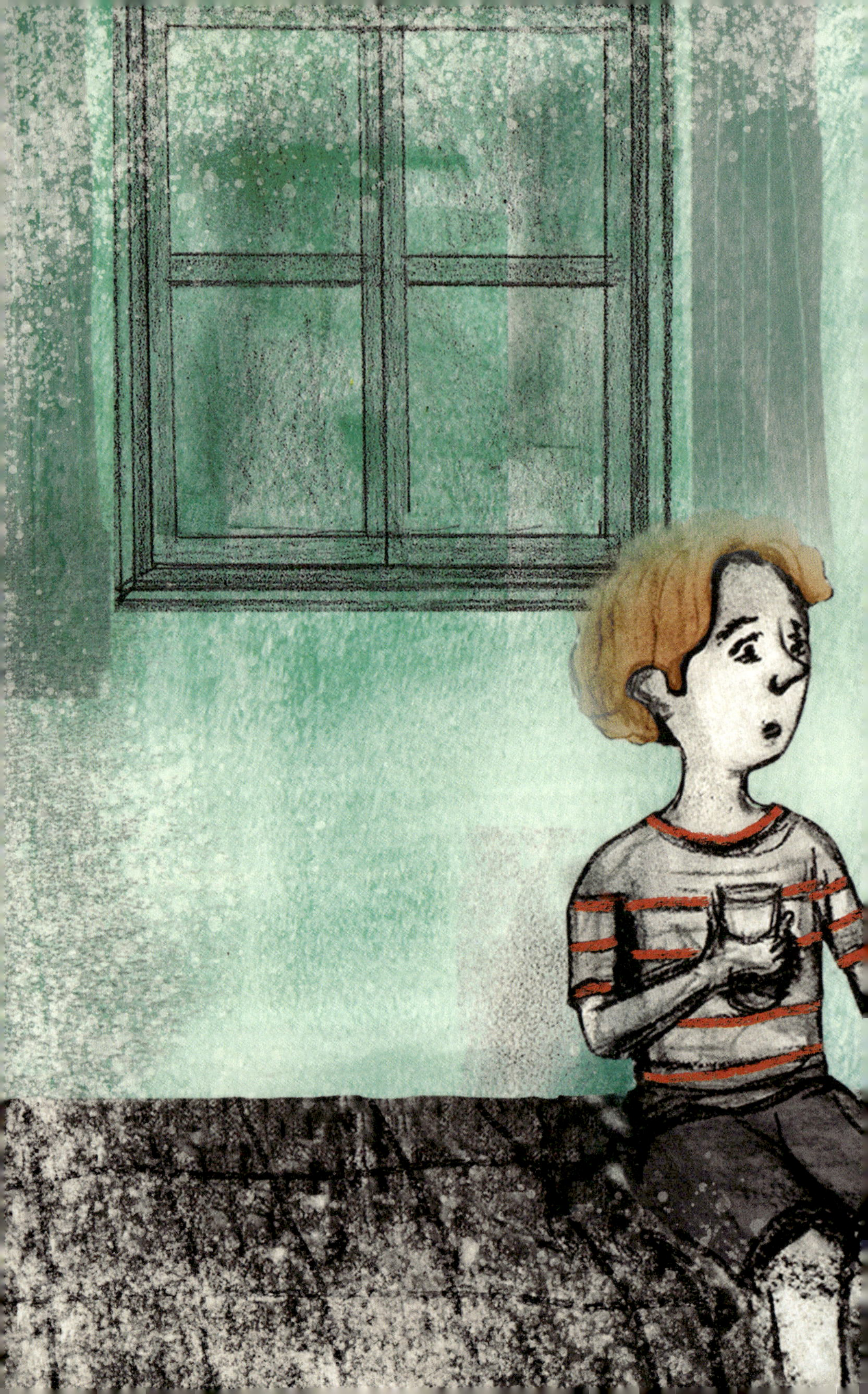

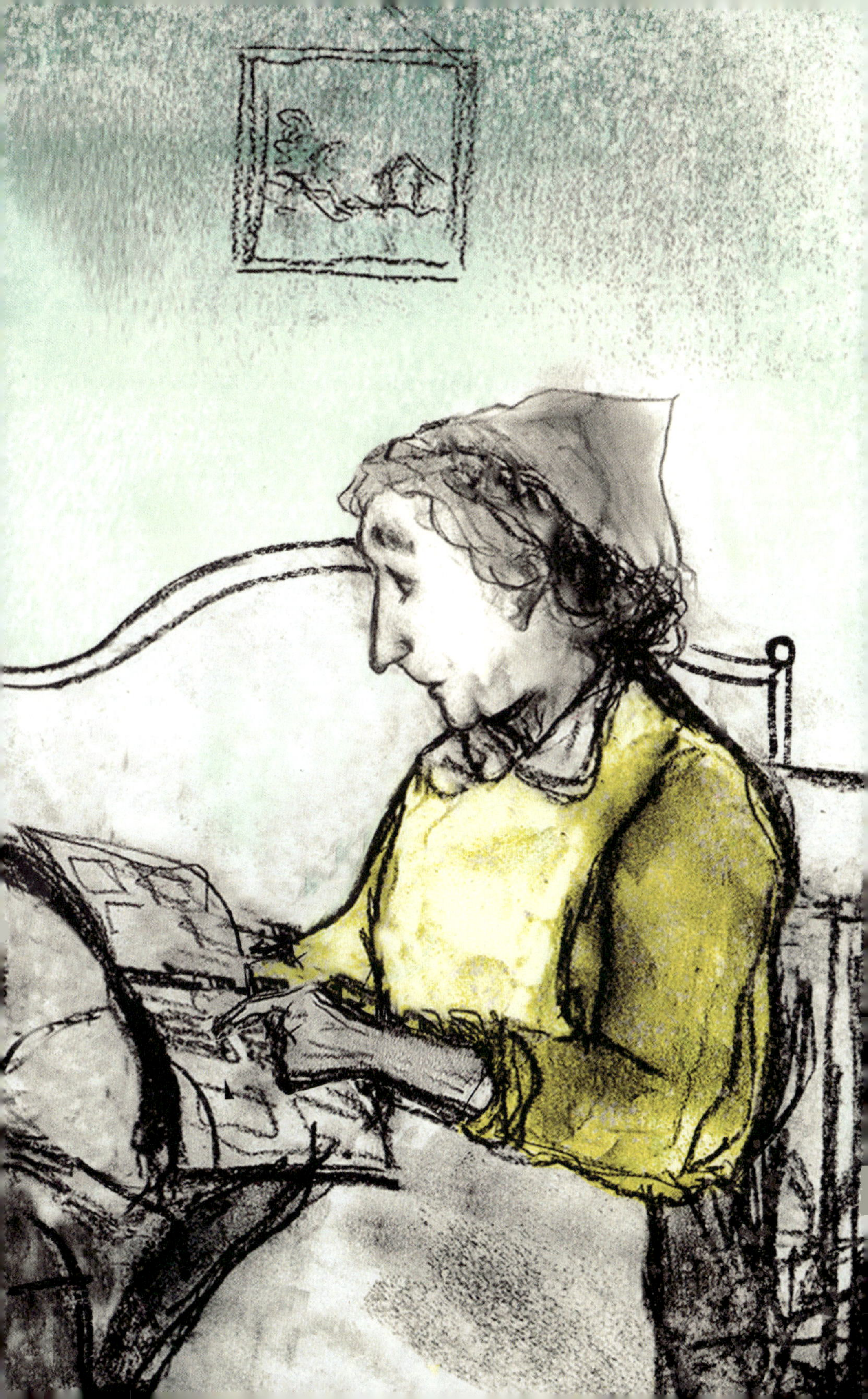

– Procure por sua família. Aqui não é seu lugar.

Em seguida, o dedo da avó bateu três vezes no álbum.

Felipe acordou com uma sensação de medo, de perigo. Para sua surpresa, o álbum de fotografias estava em suas mãos. Devia ter-se levantado dormindo.

O que significava aquele sonho? O menino não tinha ninguém da família a quem procurar.

"Foi só um sonho!", pensou. Felipe recebera uma missão. Mas ainda era cedo para ele saber disso.

Capítulo 4

Felipe acordou cedinho. Para sua surpresa, Alda estava tão simpática que o menino devia ter desconfiado.

Quando terminou o café, a mulher falou:

– Vamos, eu levo você para a escola.

Mais espantado Felipe não poderia ficar!

– As meninas vão conosco. Tenho de levá-las à cidade.

O fazendeiro vinha na direção da casa. Quando viu todos instalados no carro, agradeceu à mulher:

– Obrigado, querida. Fico contente por vocês irem juntos para a cidade.

O garoto deu um meio-sorriso, ainda surpreso com as inesperadas demonstrações de carinho. Eram falsas, tinha quase certeza. Só não conseguia entender o que acontecia. Qual o motivo de tanta gentileza?

Mal se sentou no banco e Graça disse, baixinho:

– Se pensa que vai viver como um rei, andando em nosso carro, está muito enganado. Minha mãe já disse que vai dar um jeito em você!

Quando chegou à escola, percebeu que sua presença causava um certo constrangimento. Os outros alunos não o provocavam mais. A trágica morte da avó e do pai chocara a todos.

— Soube que o padre encontrou uma família para você! — Celeste disse, aproximando-se.

Felipe não teve coragem de dizer que aquele era o pior lugar do mundo. Ela interpretou seu silêncio como sinal de tristeza.

— Quando minha avó morreu, fiquei como você! — disse a garota. — Com o tempo, a dor diminui. A saudade não acaba nunca, mas depois não dói tanto!

Felipe quis explicar, mas não encontrou palavras. Não era somente tristeza, mas medo. Alguma coisa ruim estava para acontecer, tinha quase certeza. Preferiu continuar calado, pois não encontrava palavras para descrever aquele aperto no coração.

O sinal tocou. Celeste, de uma classe diferente da dele, disse com um sorriso:

— Fiquei contente por você ter me procurado naquele dia. Se precisar de mim outra vez, me avise. Farei o que puder por você!

Depois da aula, voltou a pé para a fazenda. Chegou no meio da tarde, exausto. Mal botou os pés dentro da casa, foi chamado por Baltazar. O homem parecia exaltado.

Quando entrou na sala, viu que o fazendeiro estava vermelho. As meninas, sentadas na sala, tinham uma expressão angelical. A empregada chorava, de pé, em um canto. Alda caminhava nervosa de um lado para o outro. O garoto se assustou.

— Sente-se — ordenou Baltazar, mostrando uma cadeira.

O fazendeiro se aproximou dele. Olhou para Felipe, muito sério.

— Um anel valioso sumiu do porta-joias de minha mulher. Foi você quem pegou?

O garoto suspirou, aliviado. Ainda bem que não era com ele.

— Não, senhor. Não sei de anel nenhum.

A empregada se lamentou:

— Não fui eu, juro que não fui eu!

O fazendeiro continuou, mais sério. Indicou a empregada.

— A Neia está aqui há muitos anos, e em todo esse tempo nunca sumiu nada por aqui.

— Nunca roubei ninguém! — defendeu-se Felipe, ofendido.

Baltazar propôs:

— Todo mundo pode errar, Felipe. Se você pegou o anel, conte agora. Nós vamos perdoar seu erro, embora tenha sido muito grave.

— Garanto ao senhor que não peguei nenhum anel!

Baltazar percebeu o tom de sinceridade na voz de Felipe. Virou-se para a mulher:

— Querida, tem certeza de que o anel não caiu numa fresta do assoalho ou que não o esqueceu em algum lugar?

Alda respondeu, decidida.

— Só temos um jeito de ter certeza. Vamos procurar nos aposentos dele.

Baltazar propôs novamente:

— Felipe, é sua última chance. Nós vamos examinar suas coisas. Se o anel estiver com você, é melhor dizer agora.

— Podem olhar, senhor Baltazar — respondeu Felipe, sereno, pois sabia que não tinha pegado nada.

Foram ao quarto do menino. Glória e Graça cochichavam, como se soubessem de alguma coisa. Felipe estranhou, mas não disse nada. A própria Alda abriu o armário. Mexeu em suas roupas. Não demorou muito e encontrou o anel embrulhado no bolso de uma jaqueta nova. Ergueu a joia, vitoriosa.

— Sabia que tinha sido esse safado!

Felipe estava mais surpreso do que todos os outros. Como o anel fora parar no bolso da jaqueta?

A empregada lançou um longo olhar sobre Felipe. Um olhar que parecia dizer muitas coisas, como se estivesse certa da inocência dele. Ele sentiu uma forte dor no estômago. Algo estava muito errado. Não pegara o anel. Como aquilo podia estar acontecendo?

Com voz firme, Alda declarou:

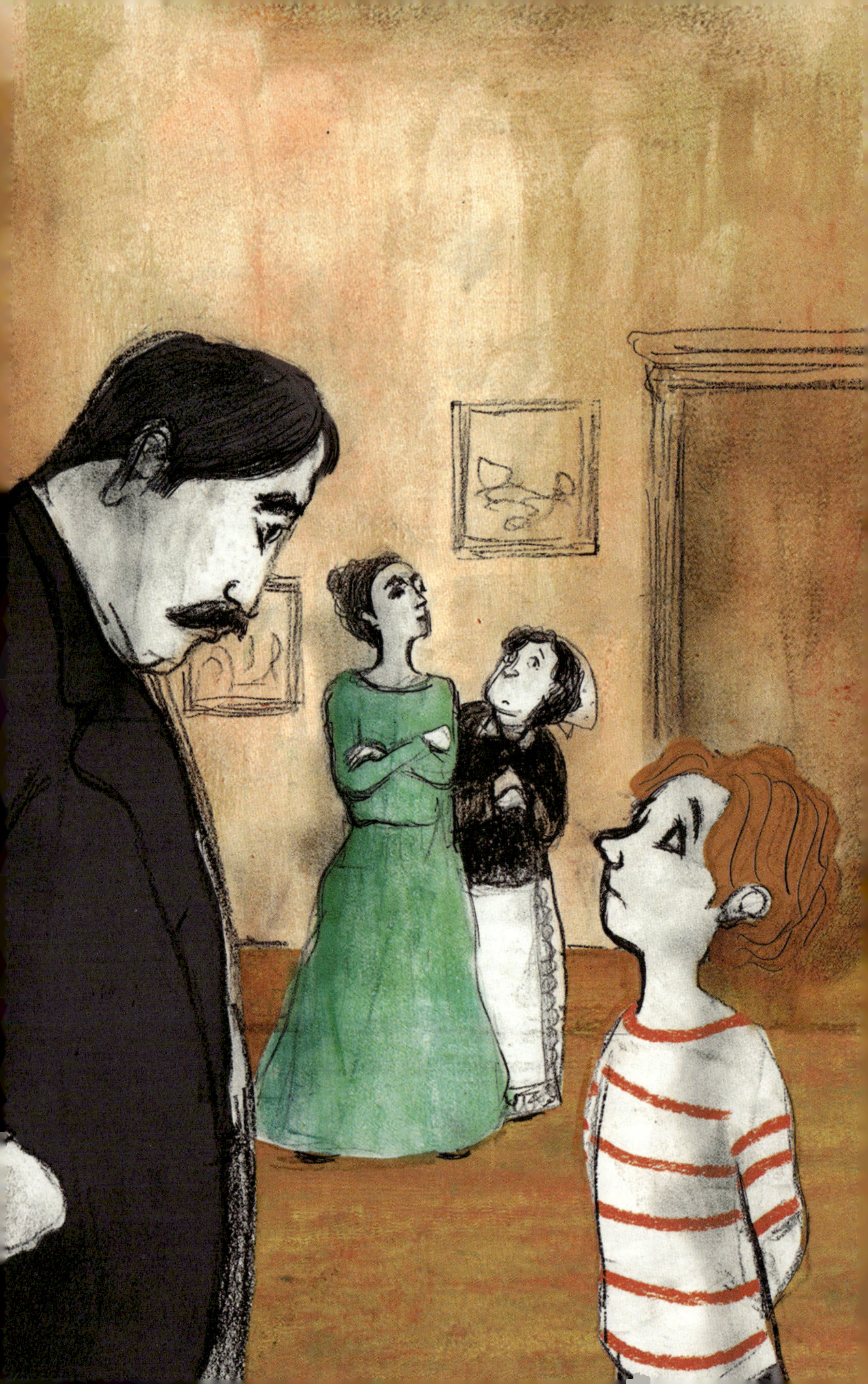

– Querido, quando você quis trazer esse ladrãozinho para cá, eu aceitei. Mas que exemplo ele vai dar para nossas filhas?

O fazendeiro abanava a cabeça.

– A família dele sempre foi honesta!

– Ele tem que ir embora daqui, papai! – disse Graça.

Felipe teve certeza de que era uma armação de Alda, para incriminá-lo e fazê-lo ir embora.

– Mas eu quero ir embora! Vocês não gostam de mim! Se quiserem, vou embora agora mesmo! – gritou, a revolta explodindo diante daquela injustiça.

Baltazar avisou, muito sério:

– Você não pode ir embora. Está sob minha responsabilidade. Mas o fato é que o anel estava aqui, no meio das suas coisas. Isso não pode passar em branco.

A mulher tomou a frente da situação.

– Esse ladrão não pode continuar aqui em casa. Tem de ser entregue ao juiz de menores.

– Não sei como o anel veio parar na minha jaqueta! – exclamou Felipe, com medo do que poderia sofrer ao ser acusado de ladrão.

– Olha que respondão! – bufou Alda. – Não é bom exemplo para nossas filhas.

– Amanhã vou chamar o juiz de menores. Os papéis que me tornavam responsável por você ainda não ficaram prontos. Minha mulher está certa. Você não pode mais ficar aqui – avisou Baltazar.

– Para onde eu vou? – quis saber Felipe, feliz por ficar livre daquela família.

– Para um abrigo de menores delinquentes, como você – respondeu Alda, com ironia.

– Não vou! Não fiz nada!

Chorou e gritou. Quis sair correndo, mas foi agarrado por Baltazar e Alda. Esperneou. Até a empregada teve de ajudar a segurá-lo. Acabou trancado no quarto.

– Vai ficar preso até amanhã.

Felipe chutou a porta sem parar. Queria sair dali.

No quarto, Felipe entendeu por que Alda se tornara tão gentil de um dia para o outro.

A Senhora das Velas

Ele chorou. Pensou na avó, no pai, na mãe. Do fundo do coração, pediu ajuda a todos eles, onde quer que estivessem. Precisava de uma ideia, de um conselho, de um caminho a seguir...

Então se lembrou do sonho. Quando a avó lhe mostrara o álbum, sentira-se revoltado. Recusara-se a ouvir a mensagem. Ela batera insistentemente com o dedo na capa do álbum. Mas Felipe já vira as fotografias mil vezes! Que mensagem poderia haver lá dentro?

Capítulo 5

Abriu o álbum de fotografias e ficou olhando para o rosto de seus familiares, como se conversasse com eles. "O que devo fazer agora? Para onde ir?" Foi virando as páginas da primeira à última.

Foi quando notou uma imagem amarelada dentro do plástico da capa. Era o pai, mocinho, vestido de soldado. Da época em que prestara serviço militar. Nunca se detivera muito naquela foto, pois era a avó que costumava mostrar o álbum.

Ao puxar a fotografia para vê-la mais de perto, descobriu embaixo um envelope antigo.

Felipe o pegou também. O envelope estava endereçado à mãe.

Virou-o para descobrir quem era o remetente. Era um nome feminino.

Augusta!

O sobrenome era o mesmo da avó. Quem seria?

Com cuidado para não rasgar o envelope, abriu-o, com o coração batendo violentamente.

Dentro havia apenas um postal colorido de uma grande cidade. Atrás do cartão-postal havia uma mensagem de felicitações pelo casamento, enviada à mãe. Fora escrita muitos anos antes de Felipe nascer.

Leu a assinatura. "De sua prima, Augusta."

Prima? Nunca soubera da existência dela. A avó nunca comentara nada com ele.

Prima! Tinha, então, uma parente.

Sentiu-se emocionado. Não pedira ajuda? Era como se a avó tivesse aparecido pessoalmente para dizer que caminho tomar.

"Vou achar minha prima!", decidiu Felipe, quase gritando de alegria.

Sim, iria embora em busca da prima Augusta! Para longe. Um lugar onde pudesse ser feliz!

Pegou a mochila. As roupas velhas ainda estavam jogadas em um canto. Os tênis furados no dedão, também. Não, não queria as roupas novas nem os tênis confortáveis oferecidos com tanta má vontade.

Trocou-se. Botou as velhas roupas restantes e o álbum na mochila. Quando já a fechava, pensou melhor. Tirou o envelope com o endereço da prima de dentro da mochila e escondeu-o embaixo da camiseta, preso à cintura. Finalmente, colocou o dobrão de ouro dentro da meia.

Era hora de fugir!

Não podia sair pela porta, pois estava trancada pelo lado de fora.

Abriu a janela com cuidado. Sem querer, deu um grito.

Outra janela se abriu.

O rosto da empregada apareceu. Ela e Felipe se encararam por alguns instantes, iluminados pelo luar. A mulher o observou, muito séria. Em seguida, disse baixinho:

– Vá com Deus!

Sem se dar conta do tempo, demorara horas na fuga. O dia raiava.

Chegou até sua antiga casa com a luz do amanhecer. Teve a melhor surpresa que poderia esperar, depois de dias tão sofridos. Dalila se salvara! Felipe a abraçou, emocionado. Dalila estava ali, no lugar que ambos julgavam seu lar.

– Vamos embora, Dalila. Vamos juntos!

Resolveu evitar a estrada. Seria procurado. Conhecia bem aqueles campos. Não podia ser visto por ninguém. Caminhou até uma plantação de trigo, um quilômetro mais adiante. Entrou. Sabia que toda plantação tinha trilhas, e estava habituado a segui-las. Tentou andar depressa. A cachorra mancava. Ela estava velha. Nunca teria forças para acompanhá-lo até a cidade grande.

– Eu te amo, Dalila! – disse Felipe, beijando a cabeça da cachorra.

Pegou a cachorra no colo. Caminhou lentamente, escondido pelo trigal. O sol subia no céu. Logo dariam por sua falta. Talvez tivesse sorte. Quem sabe esperassem a chegada dos policiais até irem buscá-lo no quarto. Ainda tinha chance.

Chegou à cidade pouco antes da hora da aula. Foi até um terreno baldio perto do bar. Escondeu-se atrás do mato. Observou. Viu quando Celeste saiu para a escola. Deixou Dalila no terreno. Arriscou-se e correu até a garota.

– Celeste!

– Felipe! – surpreendeu-se ela.

– Você disse que, se um dia eu precisasse de ajuda, era só avisar.

Contou rapidamente a Celeste o que havia acontecido e mostrou a cachorra. Percebeu que os olhos da menina se encheram de lágrimas.

– Cuida da Dalila por mim?

– Pode apostar que sim. Conte comigo!

Esperaram até não haver ninguém por perto na calçada. Atravessaram a rua. Celeste os levou para o quintal dos fundos de sua casa.

– Fique aqui.

– E sua mãe?

– Está no bar, com meu pai. De manhã tem muita freguesia.

Entrou em casa e em pouco tempo voltou ao quintal. Trazia um saquinho de papel nas mãos, com algo dentro.

– Eu fico com a cachorra – prometeu Celeste. – Como é o nome dela?

– Dalila. Mas sua mãe vai deixar?

– Ela adora bichos. Faz tempo que me prometeu um filhotinho. – Celeste estendeu o saquinho de papel. Mostrou um pãozinho e dois ovos com cascas coloridas, vendidos no bar.

– Trouxe um pão com manteiga e dois ovos cozidos para você comer no caminho.

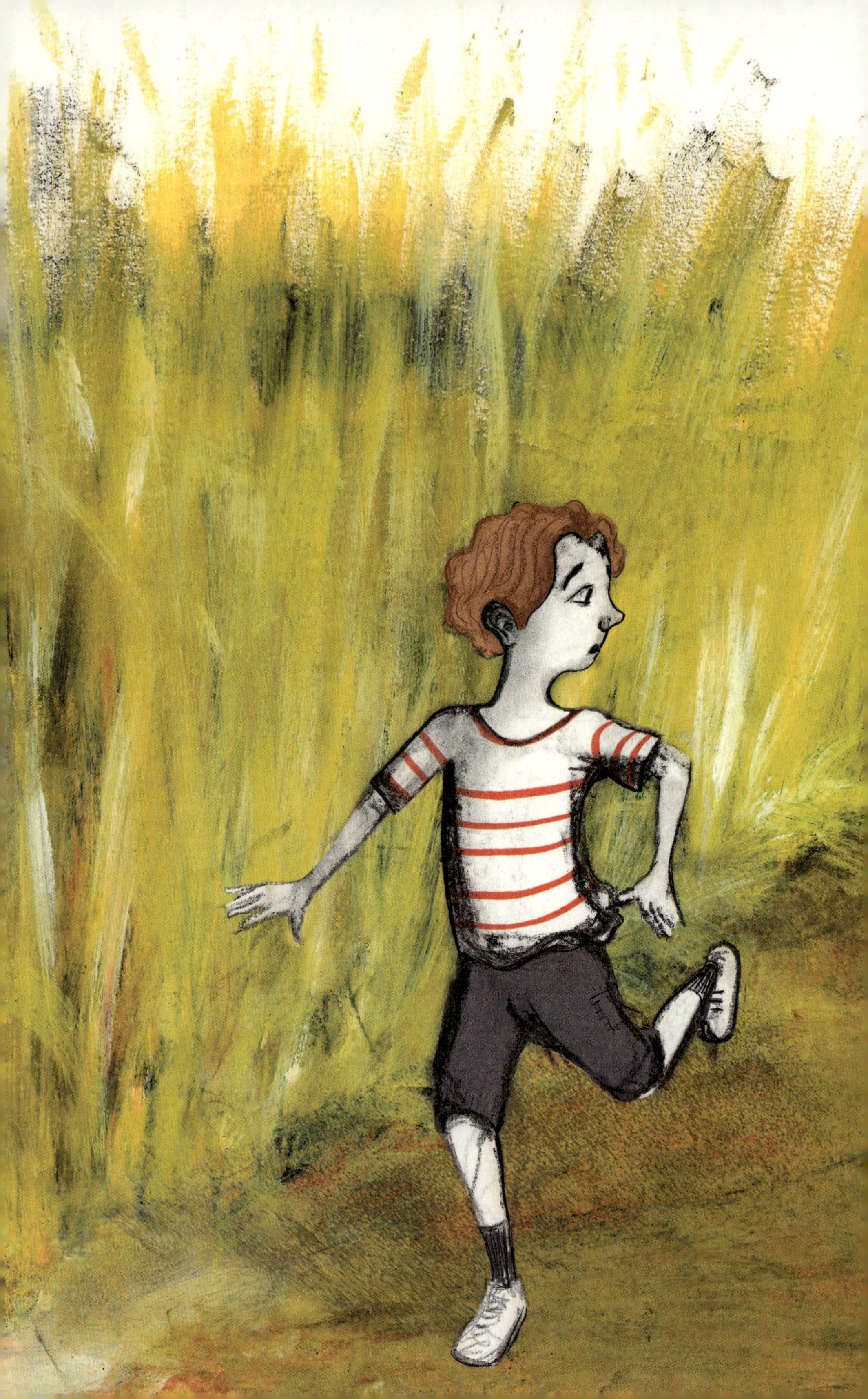

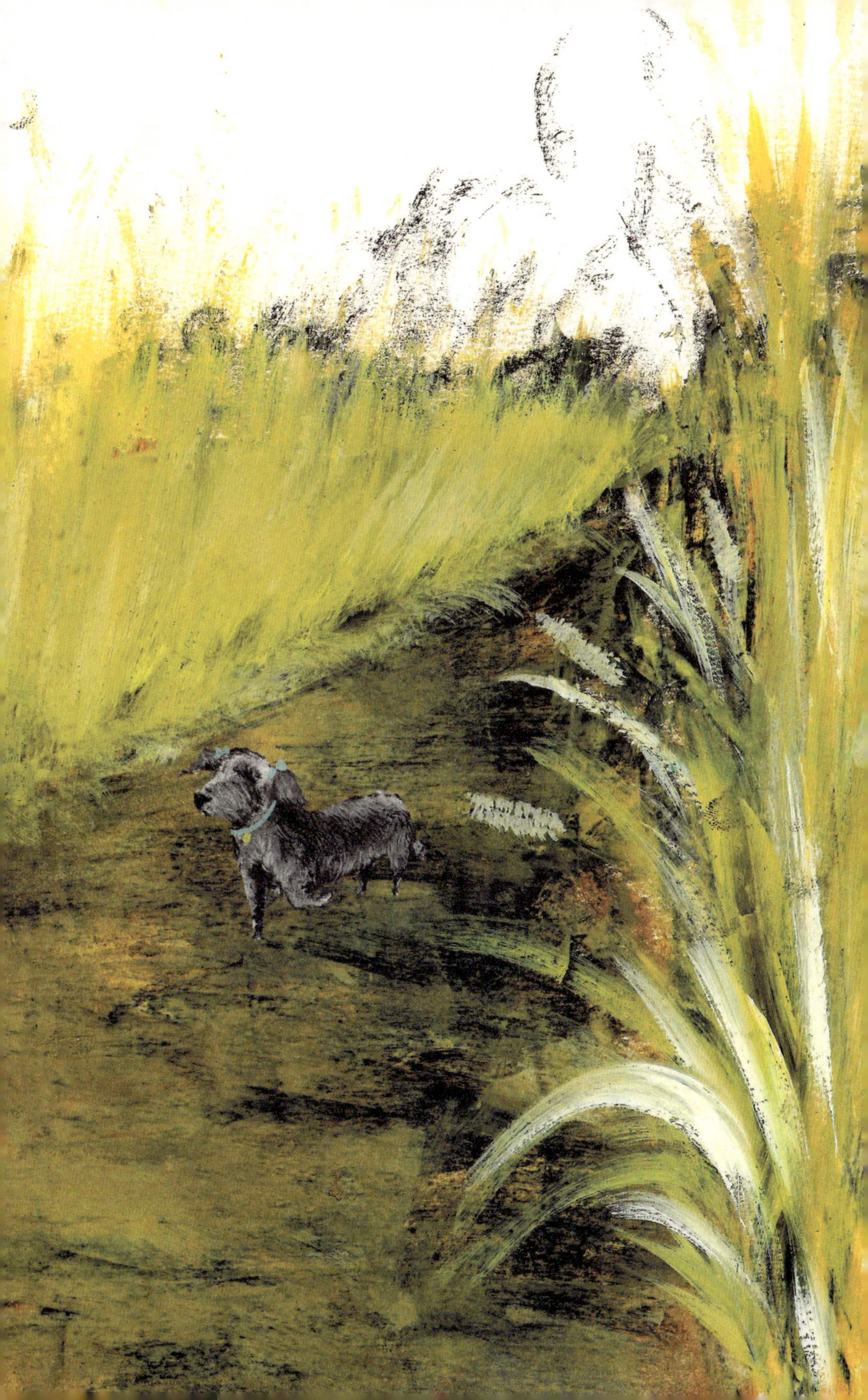

Felipe sentiu um nó na garganta. Queria agradecer, mas nem sabia o que dizer.

– Para onde você vai, Felipe?

– Vou encontrar a prima da minha mãe.

– Mas qual é o endereço?

Ele procurou o envelope. Celeste anotou o nome e o endereço de Augusta em um caderno. Em seguida, escreveu o dela em um papel.

– Me escreva! Agora é melhor você ir embora. Senão, nem vai dar tempo de fugir.

Emocionado, mas com o coração mais leve por deixar a cachorra abrigada, Felipe ainda conseguiu dizer:

– Eu vou voltar, Celeste. Prometo!

PARTE TRÊS

A estrada

Capítulo 1

Felipe caminhou durante muito tempo, sempre através dos campos, mas próximo à estrada. Tinha medo de estar sendo perseguido. E se fosse pego?

Lágrimas brotavam de seus olhos. Nada mais seria como antes. Era terrível ter de deixar Dalila, afastar-se de Celeste. Também sentia medo do futuro. Como seria essa prima de quem nunca ouvira falar?

Depois de algum tempo, exausto, com fome e com sede, parou perto de um riacho. Sentou-se na margem e bebeu água com a mão em concha. Tirou o saquinho de papel do bolso. Descascou um dos ovos cozidos dados por Celeste.

Quando estava terminando o primeiro ovo, uma mulher idosa se aproximou dele. Parecia uma andarilha.

A princípio Felipe se assustou.

– Estou andando desde manhã cedinho e ainda não comi nada. Você teria algo para me dar, para matar a fome?

Felipe se encolheu, lembrando que ainda lhe restava um ovo cozido. Havia decidido guardá-lo para depois.

Seu olhar cruzou com o da mulher. Os olhos dela pareciam misteriosamente amendoados. Teve a impressão de já os ter visto em algum lugar, mas não se lembrava de onde.

Felipe abriu o saquinho e deu o outro ovo à mulher.

– Tome. É seu.

A mulher se aproximou dele e disse firmemente, com uma voz que destoava de sua aparência frágil:

– Não acredite em sorrisos. Não converse com ninguém. Vá sempre pela beira do caminho e esconda-se no mato até chegar ao seu destino.

Felipe ficou sem reação. A mulher virou-se e partiu, sem dizer nenhuma palavra sequer. Ele, então, colocou o saquinho de papel com o pão no bolso. Seria sua última refeição não sabia por quanto tempo.

Andou horas e horas. Dormiu ao relento. Quando acordou, sentiu o estômago roncar.

"Vou comer o pão, depois preciso arrumar um trabalho para ganhar dinheiro", ele pensou.

Botou a mão no bolso para pegar o saquinho com o pão. Mas ele estava pesado! Parecia ter mais alguma coisa dentro. Ao abrir o saquinho, descobriu, surpreso, que ali estavam os mesmos dois ovos coloridos de quando iniciara a viagem.

Sentiu um arrepio. Já ouvira falar de anjos, fadas, seres de outra natureza. Aquela mulher seria alguma espécie de anjo?

Só então Felipe entendeu. Fora um teste. Se ela tivesse vindo voando, claro que ele a receberia com alegria. Mas, ao se apresentar como mendiga, despertara sua verdadeira compaixão.

Sem saber, tivera seu primeiro contato com a magia, sem estar mergulhado no mundo dos sonhos. Era o início de uma longa viagem em que muito mais tarde ainda enfrentaria o reino das sombras.

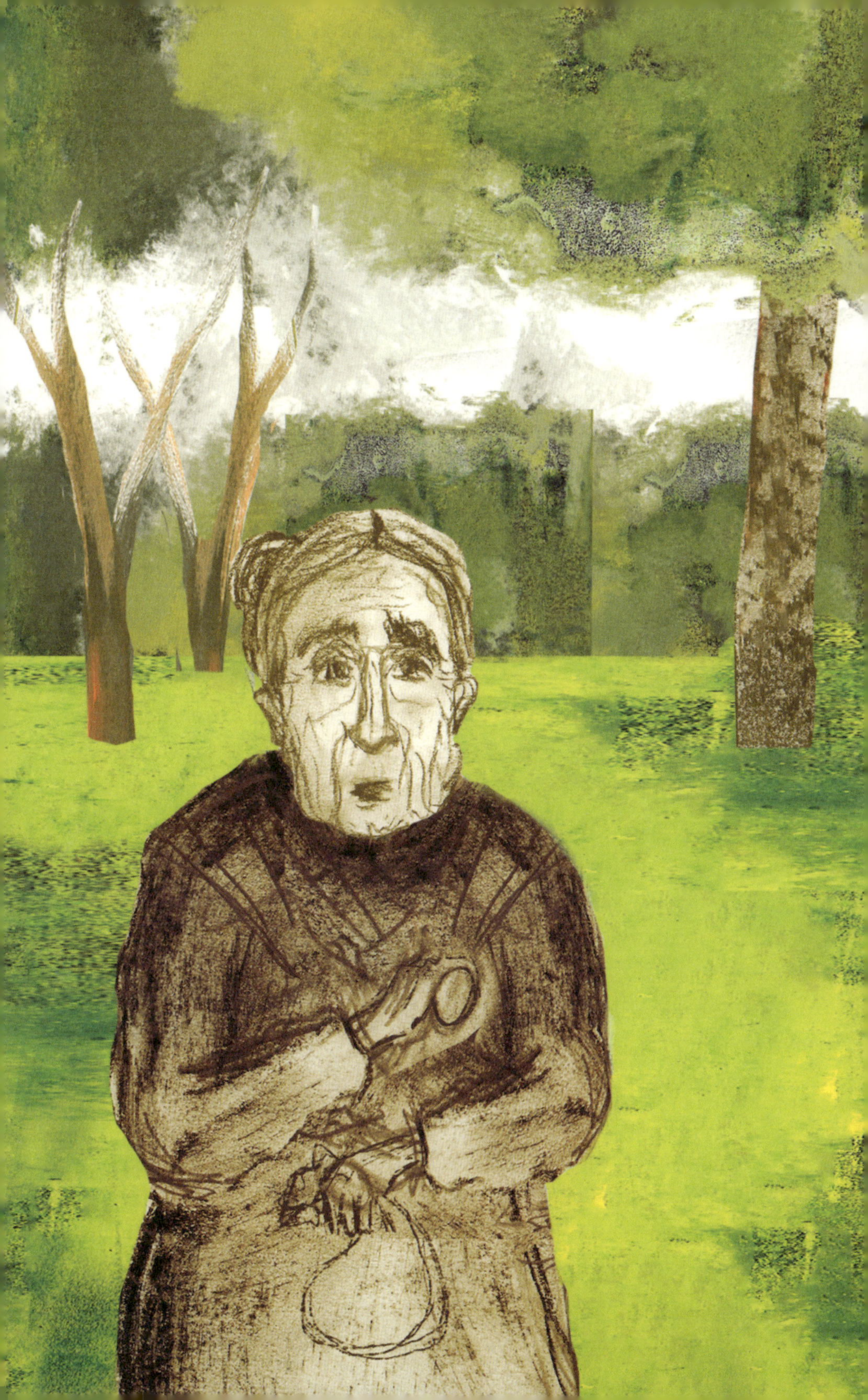

Capítulo 2

Felipe andou até não lhe restarem mais forças. Atravessou plantações e pastos. Dormiu novamente ao relento. Voltou a caminhar próximo à estrada.

Estava perto de um posto de gasolina. Aproximou-se. Foi ao banheiro. Lavou o rosto. Olhou-se no espelho. Sua aparência era péssima. Pensou em seguir o conselho da mulher que encontrara: continuar em frente, não falar com ninguém. Mas sentia tanta vontade de um copo de leite quente! Que mal haveria se conseguisse um de graça? Tomou coragem. Entrou no bar. Uma jovem com um garoto com cerca de dois anos tomava conta do balcão. Olhou para Felipe, mal-humorada, e perguntou:

– Pois não?

– Não tenho dinheiro... – começou a dizer Felipe, mas a moça não lhe deu ouvidos. – Por favor, estou com muita fome...

– Mora aqui perto? – quis saber um homem de voz agradável.

Felipe tremeu. Mostrou o envelope.

– Minha avó e meu pai morreram. Estou tentando achar minha prima.

O interesse do homem aumentou.

– Alguém deve estar ajudando você a encontrar essa prima, não é? – O homem pegou o envelope na mão. Leu. – Como vai chegar até a cidade? – quis saber.

– Andando.

– Vai ter que andar muito.

Fez um sinal para a mulher.

– Dá um copo de leite com café para ele e um para mim. E dois pedaços de rosca, também.

Comeram em silêncio. Ao final, o homem disse:

– Venha, estou indo para o mesmo caminho que você. Posso lhe dar carona até boa parte da estrada.

Foram para o pátio. O homem mostrou um enorme caminhão de transporte de cargas, com engradados até o alto.

"Um anjo, encontrei outro anjo!", pensou Felipe.

Não percebeu que o sujeito o encarava com uma expressão estranha, que não combinava com a voz agradável e os gestos generosos.

Subiram. O motorista deu partida no caminhão.

– Sua prima está aguardando sua chegada? – insistiu.

– Não – respondeu Felipe, inocente. – Ela nem sabe que eu existo!

O caminhoneiro sorriu. Felipe não entendeu o motivo, mas percebeu que sua expressão se tornava esquisita.

Na hora do almoço, pararam em um restaurante de beira da estrada. Cada um comeu um prato de arroz, feijão, bife e salada.

– Tem certeza de que quer procurar essa prima? – perguntou o homem.

– Claro! Por quê?

Lançou novo olhar para Felipe. E dessa vez o menino sentiu um arrepio. Havia algo de estranho naquele homem aparentemente tão gentil. Teve vontade de dizer que ficaria lá no restaurante e mais tarde pegaria outra carona. Mas não ouviu seu coração. (Muitas vezes na vida enfrentamos problemas por não ouvir o coração na hora em que ele fala.) Felipe se prendeu à educação que recebera, sem perceber que a vida trazia novos desafios e exigia novas maneiras de lidar com as situações. Seria falta de educação não aceitar as gentilezas do motorista, raciocinou. A conta chegou, com balas no prato. Enfiou todas no bolso. Havia também caixas de fósforo, que o restaurante dava como brinde. Pegou uma, de lembrança.

– Desista de procurar sua prima – disse o caminhoneiro. – Quando eu entregar minha carga, vou para casa. Você pode morar comigo. Não me custa nada oferecer um prato de comida e uma cama até você ter idade para se virar sozinho.

Apesar do sorriso do outro, Felipe teve um pressentimento estranho. Havia alguma coisa de errado, percebeu.

Felipe decidiu seguir o coração. Convicto, disse ao homem:

– Vou ficar aqui. Muito obrigado por tudo que fez por mim.

– Ora, ora, está pensando que vou te deixar aqui?

A expressão do homem causou medo em Felipe, que deu um passo para trás. O homem o agarrou pelo braço.

– Me larga!

Toda a simpatia anterior desaparecera. O homem o empurrou para dentro da cabine, sem dar tempo de reação ao menino. Ligou o caminhão, e rodaram em silêncio. De vez em quando, o homem lhe lançava um olhar que fazia Felipe tremer.

A certa altura, o menino se deu conta de que o sol estava descendo no horizonte.

Apavorou-se. Ninguém daria por sua falta. Lembrou-se de que sua avó sempre o alertava para tomar cuidado com estranhos. Lembrou-se também do conselho da mulher que encontrara no caminho. As palavras martelavam na sua cabeça. "Não acredite em sorrisos!"

Encolheu-se no canto da porta. Como fugir?

Subitamente, o caminhão diminuiu a velocidade. Brecou. Parou no acostamento. Felipe buscava uma saída. Estava com o bolso cheio de balas, mas de que adiantavam? E tinha a caixa de fósforos, mas de que adiantava também?

Foi quando viu a caixa de lenços de papel perto do câmbio.

O homem se tornou gentil outra vez.

– Você não precisa se preocupar. Vai gostar de ficar comigo.

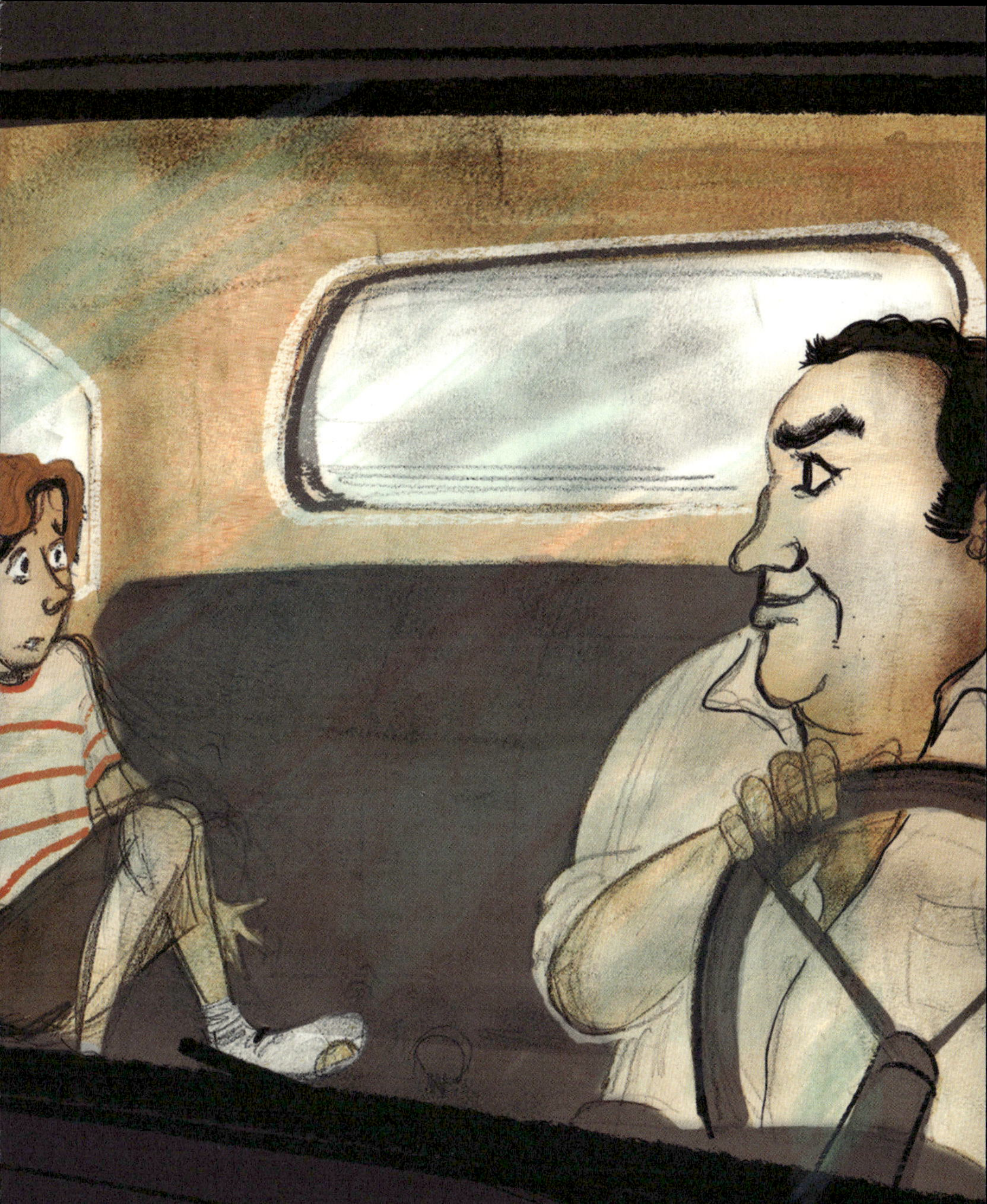

Apesar do medo, Felipe acendeu um fósforo bem depressa. Jogou-o na caixa de lenços de papel. Uma chama se ergueu.

Pego de surpresa, o homem deu um grito. Felipe se atirou contra a porta. Tentou abrir. Estava travada!

– Vou acabar com você! – gritou o homem, furioso, tentando apagar o fogo.

Um caminhão parou logo atrás deles. Os faróis iluminaram a cabine. Dois homens saltaram. O motorista abriu a porta do lado dele e conseguiu jogar a caixa de lenço de papel em chamas para fora.

– Vimos o clarão do fogo. Qual o problema? – indagou um dos homens.

– A caixa de lenços de papel pegou fogo, mas eu já...

Ao abrir a própria porta, o caminhoneiro destravara também a porta do passageiro. Felipe não teve dúvida. Pulou para fora no mesmo instante e correu para o meio do mato até ficar bem longe da estrada.

Finalmente parou. Chegara a uma plantação de milho. As espigas curvavam os galhos. Ao longe havia uma casa. Ouviu latidos. Sentiu o cheiro do jantar sendo preparado. Ouviu a voz de pessoas conversando.

Sentiu saudade do pai, da avó e de Dalila. Saiu do meio do milho e deitou-se embaixo de uma árvore. A mochila, presa às suas costas, parecia pesar uma tonelada. Tirou-a das costas e usou-a como travesseiro mais uma noite. Imediatamente, adormeceu.

Capítulo 3

Quando acordou, logo que o sol nasceu, atravessou um pomar. Encontrou um pé de mamão carregado. Sacudiu o tronco. Um mamão pequeno e maduro caiu no chão e Felipe o devorou.

Voltou à estrada, sem ter ideia se estava na direção da casa da prima.

Não demorou para avistar uma placa. Estava no rumo certo. Andou, andou, até não aguentar mais. Sentou-se à beira da estrada, exausto.

Um motoqueiro se aproximava. Felipe tomou coragem e estendeu o polegar. O rapaz parou alguns metros adiante. Felipe correu até ele.

– Para onde você vai? – perguntou o motoqueiro, tirando o capacete.

Felipe disse o nome da cidade. O rapaz avaliou.

– Está com sorte, meu chapa. Vou para lá também. Suba na garupa.

Nunca havia subido em uma moto. Se fosse um cavalo, até que daria conta. Atrapalhou-se. O lenço onde trazia o relógio, preso na barriga, caiu no chão. A mochila, também. Felipe se desculpou e pegou as coisas.

– Uau! Um relógio antigo – disse o rapaz.

– É de família – respondeu Felipe.

– É melhor botar na mochila, para não cair durante a viagem – aconselhou o motoqueiro. – Muito prazer, meu nome é Maurício.

A Senhora das Velas

Felipe sorriu, apresentou-se e seguiu o conselho do rapaz, que lhe entregou um capacete.

– É obrigatório, senão a polícia rodoviária para a gente. Agora, segure-se bem.

Passaram ao longo de várias cidades. Ultrapassavam carros e caminhões. As placas se sucediam, indicando outras estradas, bifurcações. Em pouco mais de uma hora, fizeram cento e cinquenta quilômetros. Pela última indicação, Felipe descobriu que faltavam cem para chegar.

Subitamente, o motor fez um barulho estranho e parou.

Desceram na beira da estrada. Tiraram os capacetes.

– Acho que quebrou alguma coisa... – Maurício coçou a cabeça e completou: – Teremos de empurrá-la até a oficina mais próxima.

Andaram por quase uma hora empurrando a moto. Na entrada da cidade, pediram informação em uma mercearia. O atendente indicou onde havia uma oficina. Era perto dali.

Na oficina, várias motos se alinhavam na entrada. O mecânico se aproximou, os dois conversaram, ele analisou a moto e voltou a falar com os dois novos clientes.

– Vai ser preciso trocar uma peça. Só ficará pronta amanhã.

– É cara? – perguntou Maurício.

O mecânico deu o preço.

Depois de pensar um pouco, ele disse:

– Pode consertar.

Tudo acertado, Maurício e Felipe saíram andando. O sol fazia o asfalto ferver.

– E agora? – perguntou Felipe.

– Vou falar com meu pai. Temos de encontrar um lugar para a gente dormir e um telefone.

– Não tenho dinheiro nenhum – lembrou Felipe. – Vou ter de continuar a pé.

O rapaz refletiu por um tempo e disse:

– Venha comigo. Vou achar uma pensão e dou um jeito de você ficar também.

Felipe se comoveu com tanta generosidade.

Perguntaram aqui e ali. Encontraram uma pensão simples, por uma noite.

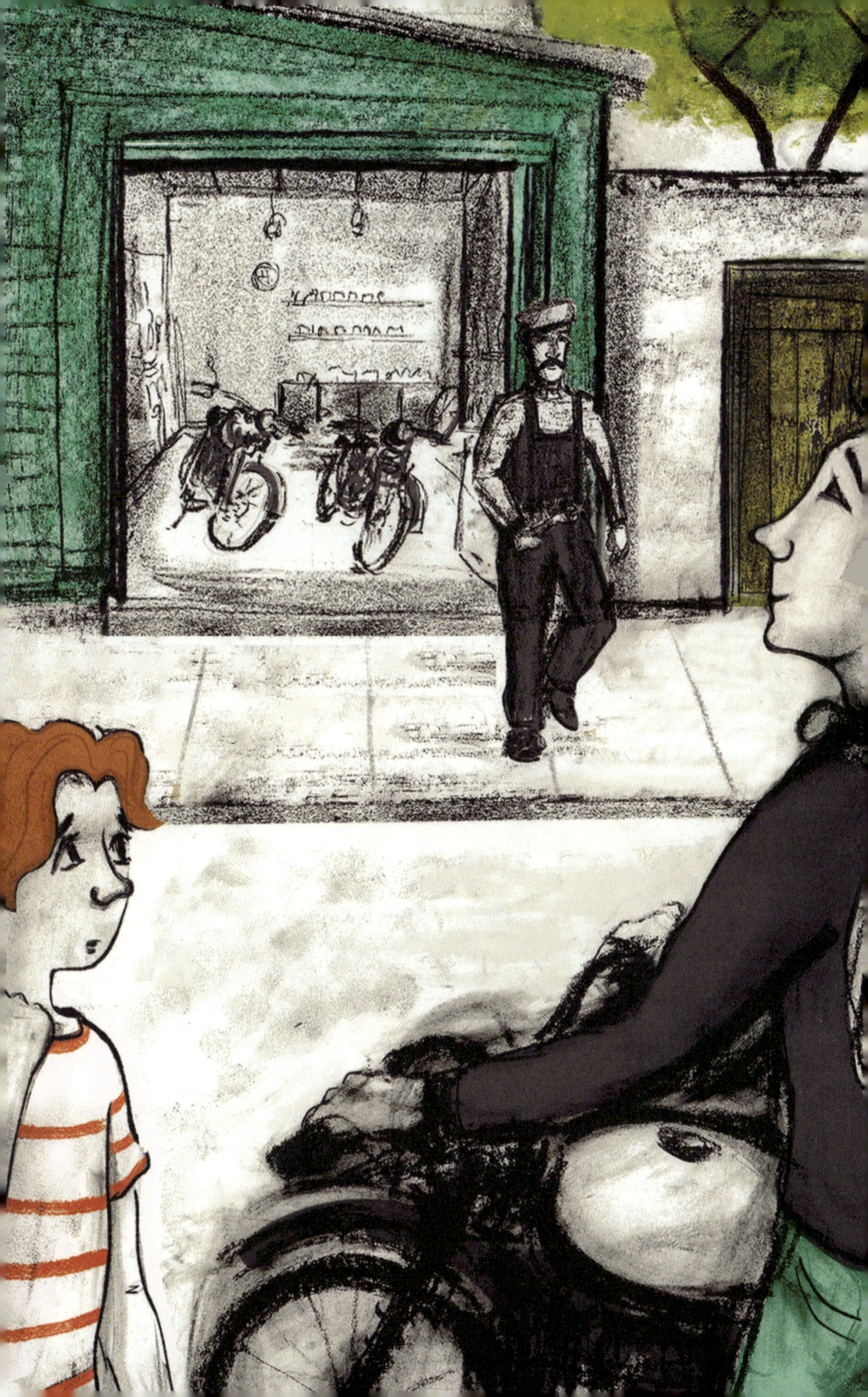

Capítulo 4

Almoçaram na pensão. Felipe tomou um banho enquanto Maurício foi telefonar ao pai. Deitou-se na cama. Que delícia! Já nem lembrava mais como era dormir à tarde! Adormeceu.

Acordou com uma sensação estranha. Abriu os olhos. Maurício estava sentado na cama do lado. A seus pés, a mochila de Felipe. Quando este se levantou, o rapaz pareceu levar um susto.

– Que foi?

– Estava esperando você – Maurício revelou, desanimado. E continuou: – Meu pai não quis mandar nem um centavo. – Fez um curto silêncio e prosseguiu: – Estive pensando... poderíamos vender o seu relógio e teríamos o dinheiro para consertar a moto.

– Não posso vender o relógio; é uma lembrança de família.

– Você não entendeu. Será uma espécie de empréstimo. Quando chegar, falo com o pai da minha garota. Venho para cá de moto, resgato o relógio e levo para você na casa da sua prima. Sem dinheiro, não podemos seguir viagem.

Era verdade.

– Promete que volta para buscar o relógio?

– Não fui legal até agora?
– Está certo. Vou pegar.
Abaixou-se para abrir a mochila.
– Já peguei – Maurício falou, um tanto sem jeito.
– Você não podia mexer na minha mochila enquanto eu estava dormindo!
– Sabia que você não ia negar, parceiro.
Felipe teve uma sensação desagradável.
Saíram juntos. Andaram até a loja.
– Espere aqui, que vou resolver tudo – disse Maurício.
Sentindo haver alguma coisa errada, Felipe esperou. Mais uma vez, deixou de ouvir o coração.

A noite foi de sono profundo, sem sonhos, para Felipe. Quando acordou, Maurício já havia tomado banho e estava vestido.
– Vou ver se a moto está pronta.
– Vou com você.
– Não, fique. Tome café sossegado.
Mais uma vez, Felipe não ouviu o próprio coração. Pensou no estômago, nos dias de fome. Tomou café quentinho. Comeu bolo de fubá.
A manhã foi passando. A dona da pensão avisou:
– Preciso arrumar o quarto. Vocês não iam ficar uma noite só?
Ele pegou a mochila e sentou-se na sala. Ficou horas em um sofá velho, cada vez mais preocupado. Já estava quase na hora do almoço.
"Vou até a oficina", resolveu.
Quando ia sair, a dona da pensão exigiu.
– Deixe a mochila. Vocês ainda não pagaram o quarto e a comida.
– Claro – disse Felipe. – Pode guardar com a do meu amigo.
– Quando ele saiu, levou a dele. Eu não disse nada porque você ficou.
Seu sentimento de estranheza tomou forma como uma nuvem antes da tempestade.

– Ele deve estar na oficina. Se a gente se desencontrar, peça para ele me esperar! – disse Felipe.

Saiu, com medo.

Ao chegar à oficina, perguntou:

– Vim procurar meu amigo. Nós deixamos a moto aqui ontem.

– Ah, sim. Seu nome é Felipe?

– Sou, sim.

– Seu amigo deixou um bilhete. Pegou a moto há horas e foi embora. Disse que talvez você aparecesse, mas que não tinha tempo de se despedir.

A verdade tomou forma. Fora enganado!

Maurício oferecera o relógio. Mas não havia o suficiente para pagar a pensão e o conserto da moto. O rapaz deixara Felipe para a dona não desconfiar de que estava saindo sem pagar!

Abriu o bilhete, escrito às pressas:

Felipe,

Desculpe o mau jeito, mas a moto ia ficar presa na oficina se eu não tivesse grana. Não dava para os dois.

Até,

Maurício.

"Vou tentar pegar o relógio de volta!"

Caminhou pelas ruas até encontrar a loja de antiguidades. O relógio estava na vitrine, com o preço afixado. Bem alto, por sinal.

Mas já estava à venda? Não fora uma espécie de empréstimo, como prometera o amigo?

Correu para dentro. Contou sua história atropeladamente. Teve de repetir várias vezes, até o antiquário entender. Este parecia surpreso.

– Mas não foi você que veio vender o relógio. Foi um rapaz mais velho. Disse que foi do avô dele.

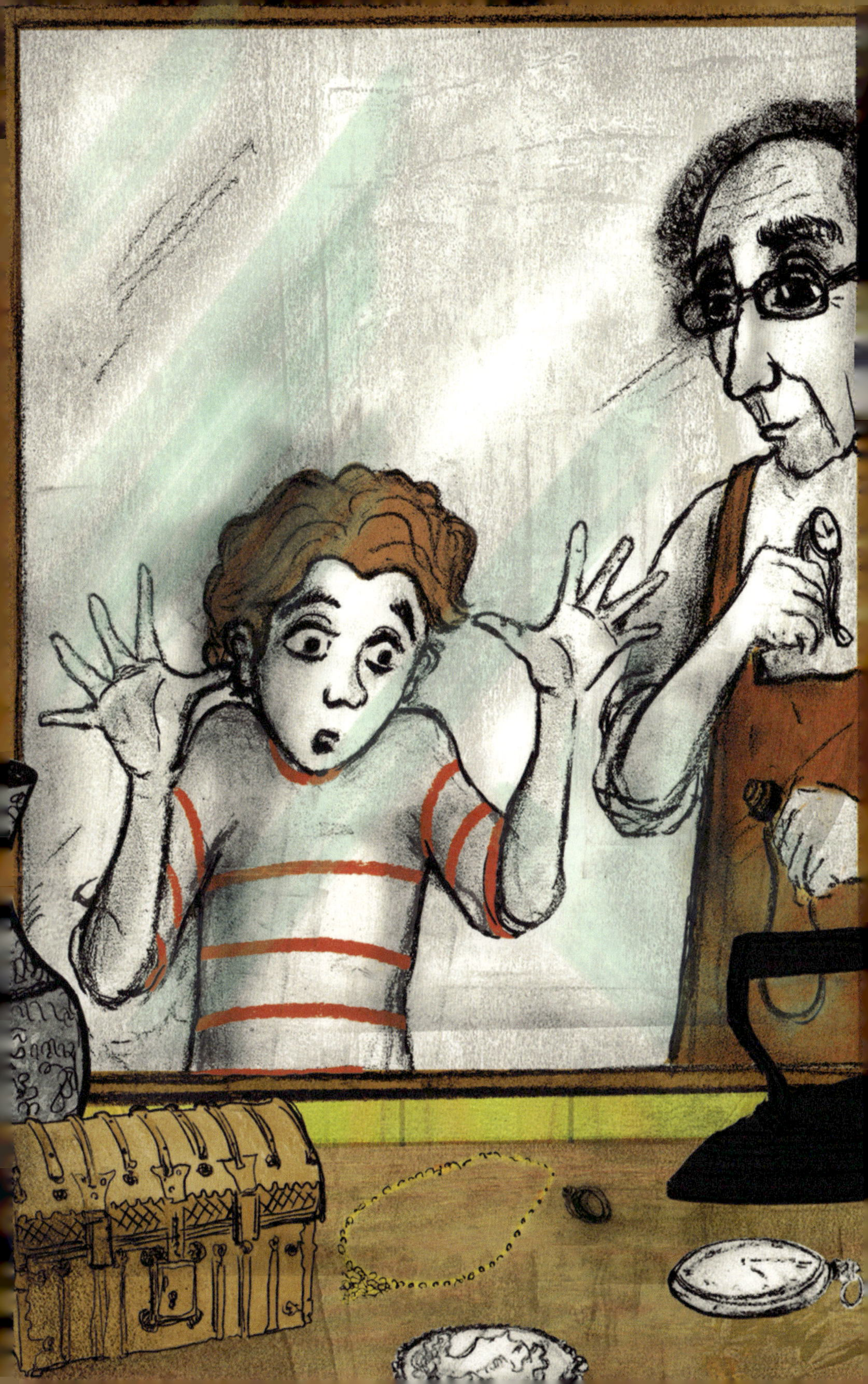

– Foi do meu avô! Ele disse que só ia deixar guardado até pagar o empréstimo.

– Aqui não é loja de penhores. Ele vendeu, sim!

– Ele me roubou!

Muito sério, o homem respondeu:

– Não compro nada roubado. Tem como provar que o relógio é seu?

Felipe pensou um pouco e perguntou:

– Como?

– Um recibo ou alguma coisa do tipo.

– Era do meu bisavô. Ele trouxe quando veio da Espanha para cá! Depois que minha mãe morreu, ficou com meu pai! Acho que nunca teve recibo.

– Sua história pode até ser verdadeira, mas não prova nada. Se devolver o que paguei para o outro, pode ficar com o relógio. Perco o lucro da venda.

Felipe se calou, surpreso. Não pensara em dinheiro. Hesitou. O antiquário continuou, muito sério:

– Se não tem como provar, vá embora.

Não tinha como provar. O medo de que o dono do antiquário chamasse a autoridade tomou conta de Felipe.

Voltou para a pensão.

A mochila estava presa. Não tinha dinheiro para pagar a conta. Estava longe de seu destino. A própria dona da pensão poderia entregá-lo às autoridades. Estava mais encrencado do que antes!

Capítulo 5

Seu único argumento era a verdade.

Contou sua história. Mostrou o endereço da prima.

– Tem certeza de que essa prima vai ficar com você?

– Nem sei se ela ainda mora nesse endereço.

Ela refletiu por um tempo e em seguida disse a Felipe:

– Se faz questão de ir, vou falar com um conhecido que vai para lá todos os dias de carro. Você fica aqui mais um dia e parte de manhã cedinho. De carro é um pulo.

– Mas não tenho como pagar nem o que gastei até agora.

– Ajude a lavar os vidros da casa e ficamos quites!

Felipe aceitou imediatamente. Passou o dia com balde, água, sabão e um pano na mão. No final da tarde, seus braços estavam cansados, mas a dona parecia satisfeita. Então jantou, faminto. Deitou-se. Dormiu quase imediatamente. No dia seguinte, acordou com batidas à porta. Arrumou-se e foi até o salão de almoço.

– Tome o café depressa.

De pé, Felipe bebeu um copo de leite. O dono do carro esperava.

– Onde mora sua prima? – ele perguntou.

Felipe mostrou o endereço.

– Tome – disse a mulher.

Incrédulo, Felipe viu que ela lhe estendia um pouco de dinheiro.

– Para a condução lá na cidade. Um dia você me paga, garoto. – Sorriu. – Ou então ajude alguém que esteja precisando.

Felipe aceitou. Pôs o dinheiro no bolso e agradeceu à dona da pensão.

Entrou no carro confortável. Partiram. Os cem quilômetros foram percorridos rapidamente.

Ao se aproximarem da cidade, Felipe ficou impressionado. Edifícios altíssimos ladeavam uma enorme avenida com um largo rio de águas escuras no meio dela. A quantidade de carros, caminhões, ônibus e motocicletas era algo que Felipe não imaginava existir. E gente, então! Uma multidão.

Teve medo mais uma vez. Imaginara ser fácil achar a prima quando chegasse à cidade, mas agora suas esperanças diminuíam.

A voz do motorista o tirou dos seus devaneios.

– Tem certeza de que vai ficar aqui no centro, garoto?

– Tem ônibus?

– Sim, é só mostrar o endereço que alguém te informa o número do ônibus.

Felipe agradeceu ao motorista e viu o carro se afastar. Confuso, sentiu novamente vontade de chorar. Dois garotos estavam parados na esquina. Aproximou-se deles, pensando em pedir informações.

– O que faz aqui? – interpelou um deles, agressivo.

Felipe quis explicar, mas não houve tempo. O outro lhe deu um empurrão.

– Aqui é o nosso ponto!

– Eu só quero saber como chegar!

– Dá o fora! – mandou o primeiro.

Vários carros pararam no semáforo. Imediatamente, os garotos desistiram de Felipe. Observavam os automóveis com cuidado. Um fez sinal para o outro. Indicou um carro com uma moça de cabelos compridos ao volante.

Tudo aconteceu em segundos. Roubaram o celular dela e saíram correndo. Várias pessoas começaram a gritar. Algumas se puseram a correr atrás deles. Com medo, Felipe não pensou duas vezes: começou a correr também. De repente, viu-se em uma pracinha construída numa ladeira, com uma grande escadaria. Em uma das ruas, estava uma viatura de polícia, com dois policiais dentro. No canto da praça havia uma pequena gruta feita de pedras e cimento. Felipe correu até lá.

Ao entrar na gruta, deparou-se com a imagem de Nossa Senhora, com um manto azul. À frente, uma vela. Ajoelhou-se, olhando firmemente a chama e pedindo proteção. A chama pareceu crescer diante de seus olhos. Tremulou.

Era como um véu se abrindo, uma passagem.

Felipe divisou um morro com uma estátua de pedra. Abaixo, um lago escuro com um barco. Por um instante, sentiu que ia atravessar a chama. Deixar este mundo e entrar no desconhecido. Então, apertou os olhos, querendo ver melhor. Imediatamente, a fraca luz da vela voltou a ser a fraca luz de uma vela. A imagem de Nossa Senhora parecia sorrir, como se lhe enviasse uma mensagem.

Felipe soube o que fazer. Não podia esperar amanhecer e ser capturado novamente pela turma da rua, ou coisa pior. Levantou-se, reunindo toda a sua coragem.

Voltou ao bar. Os policiais acabavam de comer os sanduíches.

– É minha única chance! – disse em voz alta para si mesmo.

Os policiais se encaminharam para a viatura. Um deles abriu a porta. E se estivesse sendo procurado após a denúncia do fazendeiro? E se a prima não existisse mais? Respirou profundamente.

Correu até os policiais e disse, simplesmente:

– Socorro, eu preciso de ajuda!

PARTE QUATRO

Prima Augusta

Capítulo 1

Na delegacia, explicou várias vezes sua história. Mostrou o envelope com o endereço da prima. Aparentemente, não havia denúncia contra ele. Sua história é que não parecia verdadeira.

– Veio de tão longe sozinho?

Falou das caronas. Da dona da pensão. Dos moleques.

Finalmente, o delegado pareceu acreditar.

– Vou encontrar minha prima?

– Vai ser encaminhado ao um órgão competente. Lá decidirão o que fazer.

Felipe tremeu. Depois de tanta luta, iria para as mãos de desconhecidos!

Uma viatura o levou a uma unidade especializada em menores abandonados e infratores. Permaneceu por horas em um banco de madeira, no canto de uma sala enorme, com dezenas de meninos, rapazes e garotas como ele, malvestidos, sujos e com o olhar baixo e assustado, muito bem vigiados por policiais. Horas depois, chegaram alguns meninos gritando e esperneando. Havia meninas de todas as idades, algumas até mais novas que Celeste. Parecia impossível que vivessem nas ruas, embora conversassem entre si, dando a entender que moravam em buracos, viadutos e em galerias subterrâneas.

Apesar da pobreza da vida no sítio, Felipe nunca vira criaturas tão sujas e com um jeito tão abandonado. Baixou os olhos. Ao observar os próprios tênis em farrapos, percebeu que não devia parecer muito diferente delas.

Mas isso não importava. Tudo o que acontecera desde a morte da avó e do pai o havia endurecido.

Seu estômago doía de fome. Estava com o registro de nascimento, o envelope com o endereço da prima, a mochila e o álbum de fotografias, além das poucas roupas.

Já era tarde da noite quando foi chamado. Entrou em uma pequena sala, onde a assistente social estava.

– Quer dizer que pediu socorro? – ela perguntou, depois de olhar para uma ficha que tinha em mãos.

– Sim.

– Em todos esses anos, trabalhando aqui, nunca encontrei alguém que tivesse vindo por decisão própria – disse a mulher, sorrindo. Simpática, continuou: – Fez muito bem. Conte tudo.

Felipe resumiu o que havia sido sua vida desde a morte do pai e da avó. Então, indagou:

– E se não acharem minha prima? Vou ter de ficar aqui?

– Esta é uma unidade de triagem. Você irá para um lugar definitivo. Hoje você vai dormir aqui. – Gentilmente, explicou: – É preciso seguir a lei, Felipe. Mas não se preocupe. Vamos fazer o possível para descobrir onde sua prima está.

Na unidade de acolhimento, Felipe tomou um banho, depois lhe deram uma sopa e o levaram para um alojamento coletivo. Estava exausto. Colocou a mochila na cabeceira da cama e dormiu quase instantaneamente. As emoções dos últimos dias haviam feito Felipe amadurecer e ver a vida de forma diferente.

Acordou com uma sacudida nos ombros. O inspetor o chamava.

– Vá lavar o rosto e tomar café, pois tem uma pessoa esperando por você.

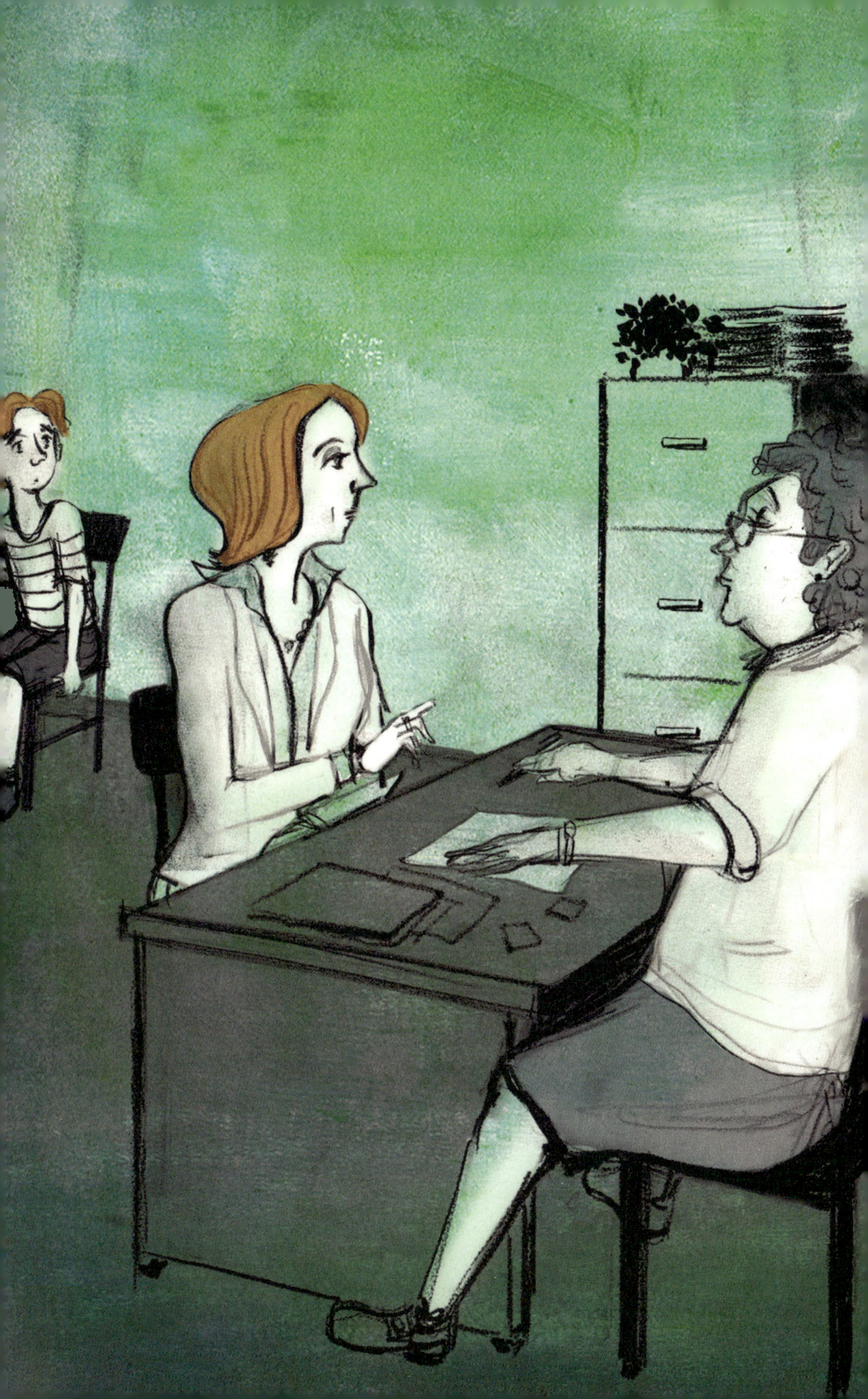

Felipe sentiu grande expectativa. Será que haviam encontrado a prima Augusta?

Quando voltou do café, o inspetor já o esperava na porta do alojamento.

Foi levado para o mesmo local em que ficara no dia anterior.

Quando a porta se abriu, viu uma assistente social sentada atrás da escrivaninha. Diante dela sentava-se uma senhora de cabelos escuros, vestida com elegância. De expressão fechada, ela o observou com curiosidade e frieza.

– Felipe, esta é sua prima Augusta.

Capítulo 2

Em silêncio, a prima Augusta conduziu Felipe até a rua. Um carro grande, preto, com um motorista uniformizado os esperava. Entraram no banco de trás.

– Para casa – disse Augusta ao motorista. Então, olhando para Felipe, disse: – Agora tenho um compromisso. Depois vamos comprar umas roupas para você.

Virou o rosto e voltou o olhar para fora do carro, pensativa. Para Felipe era nítido que a prima Augusta não queria ficar com ele. Mas também não podia dizer não. Aceitou que morasse temporariamente em sua casa, até que o juiz decidisse o destino dele.

Foram assim, em silêncio, durante todo o caminho. Cada um olhando para um lado. Deixaram as ruas do centro da cidade e aproximaram-se de um bairro encravado na montanha, muito arborizado. Algumas casas eram enormes. O motorista parou em frente a um portão alto, que se abriu automaticamente. Entraram em uma garagem junto a um jardim. Uma senhora de uniforme xadrez azul e branco abriu a porta de entrada.

Fez um gesto para Felipe acompanhá-la. Ele nunca tinha visto uma casa tão grande. Entraram em uma sala enorme, repleta de móveis escuros. Augusta falou rapidamente:

— Este garoto é meu primo em segundo grau, Margarida. Vai ficar no quarto de hóspedes, no fim do corredor. Depois da minha reunião, volto para irmos comprar roupa para ele.

Dizendo isso, saiu sem se despedir.

— Suba comigo — disse Margarida. — Por quanto tempo vai ficar?

— Eu não sei. Eu achei... que fosse morar aqui.

— Eu duvido que ela tenha paciência — disse a mulher, com um sorriso que Felipe não soube desvendar.

Subiu as escadas. Felipe a acompanhou por um longo corredor forrado de tapetes.

Passaram por várias portas fechadas. Margarida abriu a porta do último aposento. Amplo, com mobília bonita, uma cama enorme e um armário gigantesco. Por instantes, Felipe pensou que poderia morar ali para sempre. Mas só por instantes. Afinal, o que Augusta faria quando voltasse? As reações das pessoas que ele conhecera desde que seu pai e sua avó haviam morrido eram as mais inexplicáveis. E, na maioria das vezes, muito duras.

— O banheiro é aqui. Se quiser, lavo e seco suas roupas enquanto estiver no chuveiro.

Margarida foi até um armário no corredor e pegou uma toalha e um sabonete.

— Vou lavar as roupas da mochila. Deixo alguma na porta para você pegar e vestir quando sair do banho. Depois desça para comer alguma coisa. — Olhou para ele de cima a baixo e completou, com certa compaixão: — Você está precisando comer. Está bem magro. Vou fazer uma omelete.

O estômago de Felipe quase pulou de alegria diante da perspectiva de comer uma omelete.

Tomou um banho delicioso, com água quentinha e sabonete perfumado.

Ao sair, viu, dependuradas na porta, suas roupas limpinhas e cheirosas. Desceu as escadas com cuidado. Foi em direção à cozinha, guiado pelo cheiro da omelete. Margarida colocara copo, prato, talheres e guardanapo em uma mesa comprida. Serviu a omelete. Hummm, que cheiro delicioso.

– Vou cuidar do serviço. Depois, se quiser, fique em uma das salas. Só não mexa em nada, porque dona Augusta é muito ciumenta do que tem – avisou Margarida, sumindo pela porta dos fundos da cozinha.

Depois de comer, Felipe voltou para a sala, tentando decifrar os caminhos da enorme casa. Andou por tudo, curioso com tantos ambientes. Uma sala estava repleta de estantes. Outra era uma espécie de oficina, com alicates, soldas delicadas, miçangas, bolinhas de cristal, pérolas, medalhas. Vários colares e pulseiras estavam em uma caixa, guardados.

Dirigiu-se para o jardim. Havia um lago com pedras, mas a água estava suja, como se ninguém o limpasse havia muito tempo.

No fundo havia mais um cômodo, fechado, com uma chave pelo lado de fora. Abriu a porta. Curioso, viu que se tratava de um quarto cheio de brinquedos. Uma coleção de bonecas estava ao fundo, todas sentadas, bem-vestidas, como se estivessem em uma exposição. Havia também um fogãozinho com panelas, caixinhas, livros vermelhos amontoados sobre uma mesa. Aproximou-se. Abriu um deles. Havia um coração desenhado na primeira página.

– Que faz aqui?

A prima Augusta estava parada à porta.

– Eu só queria conhecer a casa.

– Não entre aqui, de jeito nenhum. Nem sei por que deixaram a porta aberta.

Felipe saiu.

Nervosa, Augusta continuou:

– Não conseguia encontrá-lo em lugar nenhum... Curiosidade demais faz mal, menino. Terminei a reunião mais cedo e voltei. Vamos comprar suas roupas.

Felipe quis perguntar a quem pertencia aquele quarto de brinquedos, mas não teve coragem. Diante do ateliê, ele quase sussurrou:

– É você que faz as joias?

Irritada, Augusta se voltou.

– Meteu o nariz aqui também?

– Eu só vi os colares... não mexi em nada.

– Vai dizer que não sabe que sou dona de uma empresa.

Felipe fez uma cara de surpreso, e por um momento Augusta perdeu o ar de desconfiança.

– Talvez você esteja dizendo a verdade. Eu tive muitos problemas, acabei não escrevendo mais para a família. Recebi algumas cartas, mas nunca respondi. Enfim, é a vida!

Entrou no ateliê.

– Eu tenho uma fábrica de bijuterias. Comecei quando era moça, fazendo colares, pulseiras, bolsas para vender no fim de semana. Só para as colegas de trabalho.

Dessa vez ela sorriu com orgulho.

– Logo comecei a vender para lojas e saí do emprego. Montei a fábrica. Hoje tenho uma equipe para as novas coleções, mas ainda gosto de ficar em casa, de alicate na mão, inventando. – Pegou um colar e mostrou-o para Felipe, dizendo: – Este aqui, de cristal, vai ser um sucesso.

Saíram. Augusta foi na frente, e Felipe, atrás. Novamente entraram no carro com motorista e rodaram por intermináveis ruas. Pararam em um shopping com enormes torres brancas. Entraram. Quanta gente! Ele se aproximou da prima, com medo de se perder.

– Minha secretária já está providenciando a escola para você.

Para a surpresa de Felipe, a escada se movia. Ele se apavorou.

– Nunca viu uma escada-rolante? – surpreendeu-se Augusta. Por um instante, ela sorriu: – Então veio mesmo de tão longe?!

Felipe hesitava.

Ela o puxou pela mão. Apavorado, Felipe botou o pé em um degrau. Tremia de medo. Augusta abanou a cabeça, pensativa.

– Talvez você esteja mesmo dizendo a verdade. Bem, veremos. Minha secretária está ligando para sua antiga escola, pedindo os documentos. Se estiver mentindo, descobrirei.

Entraram em uma loja. O gerente encarou Augusta, surpreso.

– A senhora? Faz tanto tempo...

O rosto da prima endureceu novamente.

– Só quero roupas para meu primo. Pegue o que tiver do número dele.

A vendedora mais próxima sorriu.

– Mas também temos alguns vestidinhos lindos, se a senhora quiser...

– Não, obrigada – respondeu secamente. Virou-se para o primo e disse: – Vá lá dentro experimentar, Felipe.

O menino foi levado a um provador. Havia bermudas, camisetas, camisas e pares de tênis. Experimentou escondido, para não descobrirem o dobrão de ouro.

Tudo que servia ela comprou, sem perguntar se ele gostava. Mas, é claro, Felipe nunca tivera tantas roupas de uma vez só. Estava encantado. Saíram carregados de sacolas. Era uma compra tão grande que, imaginou Felipe, seria possível passar o mês inteiro usando uma roupa por dia, sem repetir. Em seguida, passaram em outra loja.

– Você vai precisar de um computador. Já sabe mexer com um?

Fez que não.

– Na escola aprenderá. Hoje em dia não se pode ficar sem.

Subitamente, Augusta parou em frente a uma vitrine cheia de bonecas lindas, com roupas de adultas, joias. Pareciam moças em tamanho pequeno.

– Gosta de bonecas? – perguntou ele.

– Não faça tantas perguntas! – respondeu ela, ríspida.

Ouviu-se um toque de telefone. Ela se afastou. Atendeu. Falou rapidamente. Voltou em direção a Felipe.

– Minha secretária localizou a diretora de sua antiga escola. Parece que tem muita história para contar. Vamos para casa.

Durante todo o trajeto de volta, não se falaram. Impaciente, ela reclamava do trânsito. Ele, com o coração aos pulos.

Sentaram-se em uma das salas. Margarida trouxe café e bolo.

– Sabe que não como doce, estou de regime – criticou Augusta.

– Fiz para o garoto.

A prima olhou para a empregada, nervosa.

– Não quero que mime o Felipe. Ele vai acabar ficando mal-acostumado. Ainda nem sabemos se vai ficar aqui. Mas, já que trouxe o bolo, deixe.

Comeram uma fatia cada um. Ela sempre reclamando que não deveria comer, para não engordar, embora fosse extremamente magra. Ele esperava. O que a secretária teria dito ao telefone?

— Parece que sua história combina com o que contou. A diretora falou da morte de sua avó e de seu pai. Do drama. Mas contou também que foi abrigado por um fazendeiro. Agora diga, por que fugiu?

Felipe hesitou. Em seguida, resolveu dizer a verdade. De qualquer maneira, ela acabaria descobrindo. Falou sobre o fazendeiro e sua mulher. A acusação. A fuga. Augusta ouviu atentamente.

— Foi por isso que fugiu? Não pegou nada?

— Juro que não.

Ela suspirou outra vez.

— Quando a gente é pobre, sobram acusações. Uma vez, na loja em que eu trabalhava, faltou troco no caixa. Tiraram do meu salário para repor. Mas era a filha da dona que tinha pegado. Eu vi. Só não fui demitida porque acharam que eu tinha feito confusão com o troco... Mas não pense que acredito em tudo o que está me dizendo. Tenho aqui um número de telefone para verificar o que diz. Minha secretária conseguiu com a diretora da escola.

Ela teclou. Com o aparelho na mão, andou até o jardim. Conversou. Sentou-se novamente.

— O padre mandou um abraço, Felipe. Ficou muito feliz em saber que chegou até aqui.

O menino sentiu alívio. O padre!

— Estou tentando ser justa. Não falaria com a mulher do fazendeiro que o acusou. Prefiro uma opinião neutra. Minha secretária conseguiu vários telefones da cidade. Achei que o padre pudesse saber de alguma coisa. E ele sabe.

— Sabe?

— É. A empregada do fazendeiro falou com ele, mesmo morrendo de medo de perder o emprego. Ela contou que não houve roubo. Ficou com dó de você, com medo de que fosse preso. Pediu para ajudar. O padre falou com o fazendeiro. Por isso não há nenhuma acusação. Pode ficar aqui. Vai para a escola estudar.

Mais tarde arrumará uma profissão. Não vou deixar um parente na rua. Mas faça o favor de não infernizar minha vida. Não estou acostumada com garotos.

– Mas havia uma menina aqui, não havia?

– Você pergunta demais – ela respondeu com brusquidão e levantou-se. – Depois que Margarida servir o jantar, vá dormir. Amanhã ponha roupas novas para ir à escola. – Diante do olhar de estranheza do garoto, ela afirmou: – Minha secretária já providenciou tudo. Meu motorista vai levá-lo. Eu saio cedo. Não nos veremos o dia todo.

E, assim, Felipe passou a viver uma nova rotina.

Era como viver em uma casa-fantasma. Quando acordava, Augusta já tinha ido para a empresa. Em geral só chegava quando ele tinha se deitado. Margarida providenciava as refeições. Não faltava nada. Tudo de que precisava, era só pedir. Só não podia sair sozinho. Na verdade, nem queria. Temia a cidade.

Felipe descobriu muita coisa. O computador, a televisão, os videogames. Na escola, teve aulas particulares de informática. Logo sabia mexer com programas. Ganhou um celular para qualquer emergência. O curso era muito mais puxado. Tinha aulas de línguas.

Felipe muitas vezes ainda sentia estar sob observação. Não podia sair da linha nem fazer barulho de noite. A prima não suportava nenhuma espécie de ruído.

Cercado de gente e cada vez mais sozinho, Felipe continuou a fechar o coração. Naquela casa, tinha de tudo, menos amor.

"Sou um intruso aqui nesta casa. Ela só me deixa ficar por piedade."

Muitas vezes se lembrava do tempo no sítio, quando não tinha quase nada de coisas materiais, mas tinha amor, carinho, noites de conversa... Tinha muito mais! Pegava o dobrão de ouro, sempre guardado na sola do tênis, e pensava nos bons tempos em que vivia com a avó e o pai.

A prima o evitava o máximo que podia. Parecia ter uma sensação desagradável ao vê-lo, como se sua simples presença a incomodasse.

Os anos poderiam ter passado e a situação continuaria a mesma se uma tragédia não tivesse acontecido.

Capítulo 3

Uma tarde, ventava bastante. O céu escuro anunciava tempestade. Do seu quarto, com o nariz no computador, Felipe ouviu uma porta bater com insistência. Olhou pela janela. Era o quarto do quintal no qual estava proibido de entrar. Desceu. Chamou Margarida. Ela não apareceu. Muitas vezes saía para fazer compras. Foi até lá. Aproximou-se da porta para fechá-la.

Olhou uma vez mais dentro do quarto. Era incrível, tudo permanecia exatamente igual. Não resistiu. Entrou. Mais uma vez, pegou o livro. Na primeira página, um coração desenhado e o nome "Débora". E sobrenome. O mesmo da prima Augusta. O mesmo que o dele. Viu em seguida a coleção de caixinhas. Aproximou-se. Notou cordas embaixo de várias delas. Tocou a primeira. A música suave quebrou o silêncio.

"Quem será Débora?", perguntou-se Felipe.

Nesse instante, ouviu um rugido.

– Que faz aqui? Não sabe que é proibido?

Quis explicar que a porta estava batendo. Não conseguiu. Augusta, no umbral, gritava:

— Será que, depois de tudo o que faço por você, não é capaz de respeitar uma ordem minha? O que seria de você sem mim, Felipe? Estaria na rua. Veio aqui pegar as coisas da minha filha.

— Sua filha?

Os dois se encararam. Então ele disse em voz baixa:

— Não sabia que tinha uma filha.

— Tive — respondeu Augusta, com dor na voz.

— O nome dela era Débora?

— Era.

— Onde ela está?

Augusta ergueu os olhos, imóvel.

— Teve uma doença séria logo que nasceu. E continuou assim. Foram anos de sofrimento. Meu marido não soube lidar com a situação. Foi embora. Mudou-se para longe quando eu mais precisava. Aprendi a não gostar de ninguém. Dói muito.

Por um instante ele quis abraçá-la, dizer que entendia. Perder alguém é a maior dor deste mundo!

Antes que Felipe tivesse tempo de fazer qualquer gesto, ela continuou:

— Agora você está aqui, no lugar que deveria ser dela, da minha filha. Mexendo nas coisas dela.

— Eu não sabia da existência dela, prima Augusta. Eu sou muito grato por ter um teto, uma casa, escola, roupas limpas e cheirosas…

— Você teve sorte de vir parar aqui, de aproveitar tudo o que eu tenho.

O menino olhou para ela e respondeu, com lágrimas nos olhos.

— Você não gosta de mim. Sempre que pode me lembra que estou vivendo aqui de favor. Eu tenho tudo e não tenho nada, prima. Não tenho o amor que eu tinha na casa da minha avó e do meu pai. A gente tinha pouco para comer, pouco para vestir, pouco para viver, mas tinha muito amor no coração…

Augusta abriu a boca, espantada, como se quisesse dizer alguma coisa. Mas, em seguida, desabou. Caiu desmaiada no chão. Ele saiu correndo, gritando por socorro, enquanto o rosto da prima recebia os primeiros pingos de chuva.

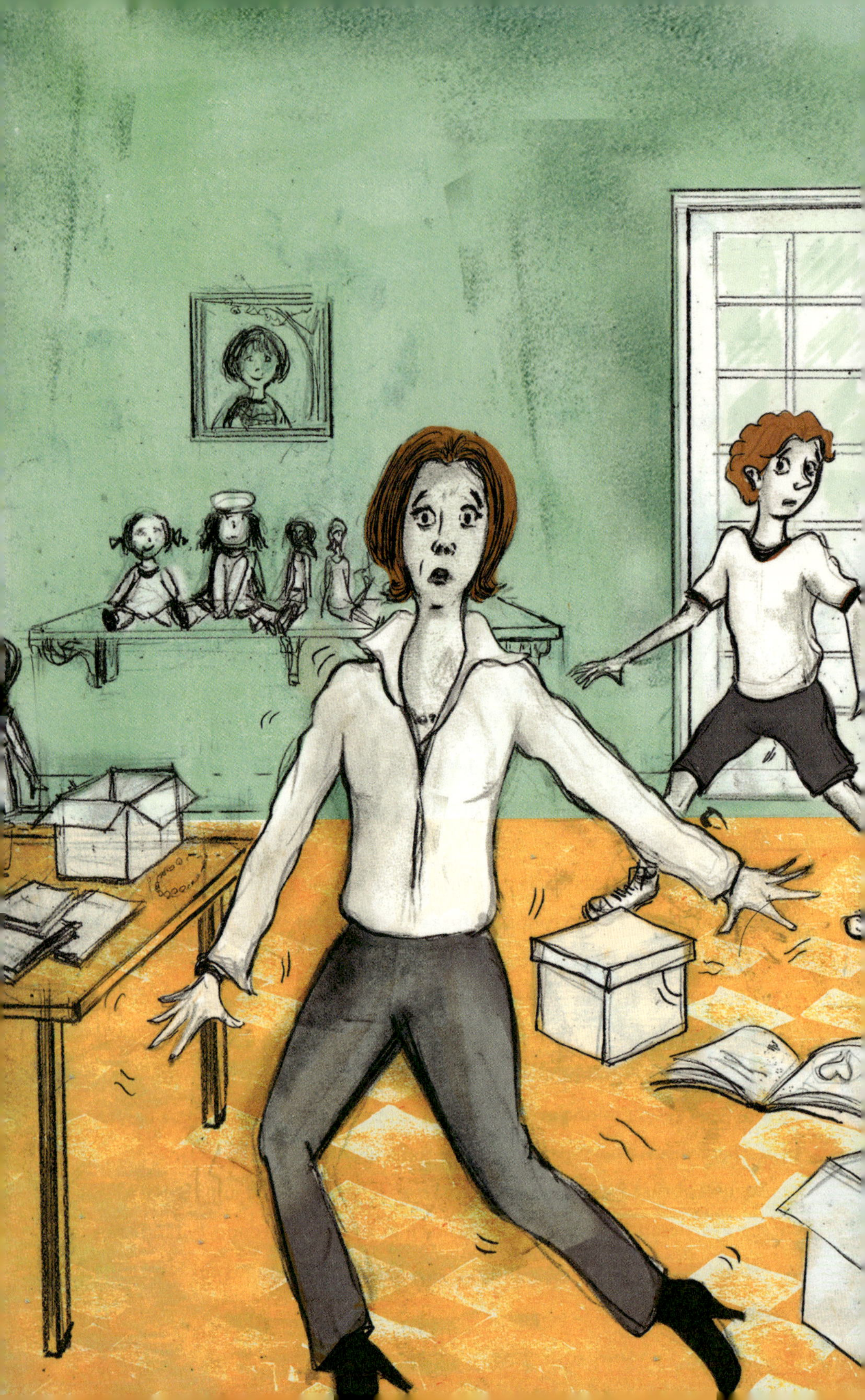

Capítulo 4

Augusta permaneceu vários dias no hospital. Durante todo o tempo Felipe se culpava.

"Ela desmaiou porque eu gritei com ela."

Alguns dias depois, ela teve alta e foi levada de volta à casa.

Logo que ela descansou um pouco, Felipe foi até a porta do quarto e falou:

– Eu vim pedir desculpas.

– Pelo quê? – questionou Augusta, com voz fraca.

– Pela briga. Foi por minha causa que você foi parar no hospital.

Augusta fez uma careta.

– Deixe de bobagem. Eu estava com um problema, mas só agora descobri.

– O que você tem?

Ela demorou para responder. Enfim, disse:

– Cansaço.

– Mas ninguém vai pro hospital por causa de cansaço.

A enfermeira entrou:

– Não canse sua prima.

Augusta fez um sinal.

Felipe continuou a ir à escola, mas a casa entrou em nova rotina.

A secretária vinha todos os dias para cuidar dos assuntos da empresa. Alguns senhores vestidos com ternos escuros vieram visitar Augusta. Dois deles apareciam com frequência para tratar de negócios. As enfermeiras se revezavam. O médico também vinha muitas vezes. Numa delas, Felipe o ouviu aconselhando:

– É melhor ir para o hospital.

– Prefiro ficar aqui em casa enquanto puder – ela respondeu, com voz fraca.

Certo dia, Felipe notou que a tia estava mais pálida do que de costume. E seus cabelos, escassos. Até que não havia mais cabelos.

Felipe ia todos os dias cumprimentar a prima. Estava cada vez mais magra, com a pele esticada sobre os ossos. Muitas vezes passava o dia deitada, sem se levantar.

Certa tarde, Felipe ia para seu quarto e passou em frente ao dela.

– Felipe – chamou Augusta.

Ele entrou. A enfermeira não estava à vista.

– Me faça um favor.

– Sim, prima.

– Vá até o quarto do quintal e me traga uma caixinha de música. Aquela que você pegou naquele dia em que nos encontramos. – Completou: – Pegue a minha bolsa. A chave está dentro dela. Eu mandei trancar quando voltei do hospital. Pode procurar.

Felipe vasculhou a bolsa e encontrou um chaveiro.

– É a comprida. Abra o quarto e traga a caixinha. – Hesitou por um instante e disse uma palavra que não costumava usar: – Por favor.

Assim que pegou a caixinha, ele correu escada acima. Augusta a pegou com os dedos agora magros. Quis dar corda. Não conseguiu. Ela o encarou.

– Deixe que eu faço isso – disse Felipe.

Deu corda e entregou a caixinha à prima.

Augusta ficou ouvindo a música com um sorriso nos lábios pálidos. Ele se afastou. Notou que a respiração dela estava arfante. Ficou triste por ela. Entendia, afinal, que ela sofrera demais e não queria se apegar a mais ninguém... da mesma maneira que ele.

Decidiu fazer uma surpresa a ela. Ficou de propósito com a chave do quarto de recordações.

No dia seguinte, acordou bem cedo. Foi até lá. Fez várias viagens trazendo bonecas, caixinhas, o caderno. Levou tudo para o quarto da prima. A enfermeira dormia em uma poltrona. Entrou devagar com a primeira leva. A mulher acordou com o ruído. Ele fez um sinal de silêncio. Ela estranhou. Foi com ele para fora do quarto.

– Pode me explicar o que está fazendo, trazendo essa velharia para o quarto da paciente?

Felipe explicou à enfermeira, que entendeu e o ajudou a colocar as bonecas na cômoda e as caixinhas e o caderno na mesinha de cabeceira, ao lado de Augusta.

Sentaram-se. Augusta acordava muito cedo. Não demorou a abrir os olhos. Olhou para Felipe, estranhando sua presença ali. Depois olhou para a enfermeira. Em seguida, viu as bonecas. Em seu rosto, em vez da expressão de dor, surgiu uma careta que parecia um sorriso. Felipe colocou o caderno em suas mãos.

As lágrimas desceram dos olhos de Augusta.

– Obrigada – ela disse.

Felipe sentiu um nó na garganta.

– Vou para a escola.

Saiu. Da porta, observou a prima com a expressão leve. Parecia feliz. Nesse momento teve consciência de que ela não teria muito tempo de vida. E ele novamente perdia uma pessoa, uma casa... O que seria dele?

"Para onde vou? Para a rua?", pensava Felipe, apavorado.

Augusta partiria, como a avó e o pai. Alguém apareceria para tomar a casa, as coisas todas de lá de dentro, até seu computador. Outras pessoas diriam que era pequeno demais para viver sozinho. Teria de ir para a casa de alguém ou para um orfanato. Um abrigo. As ruas.

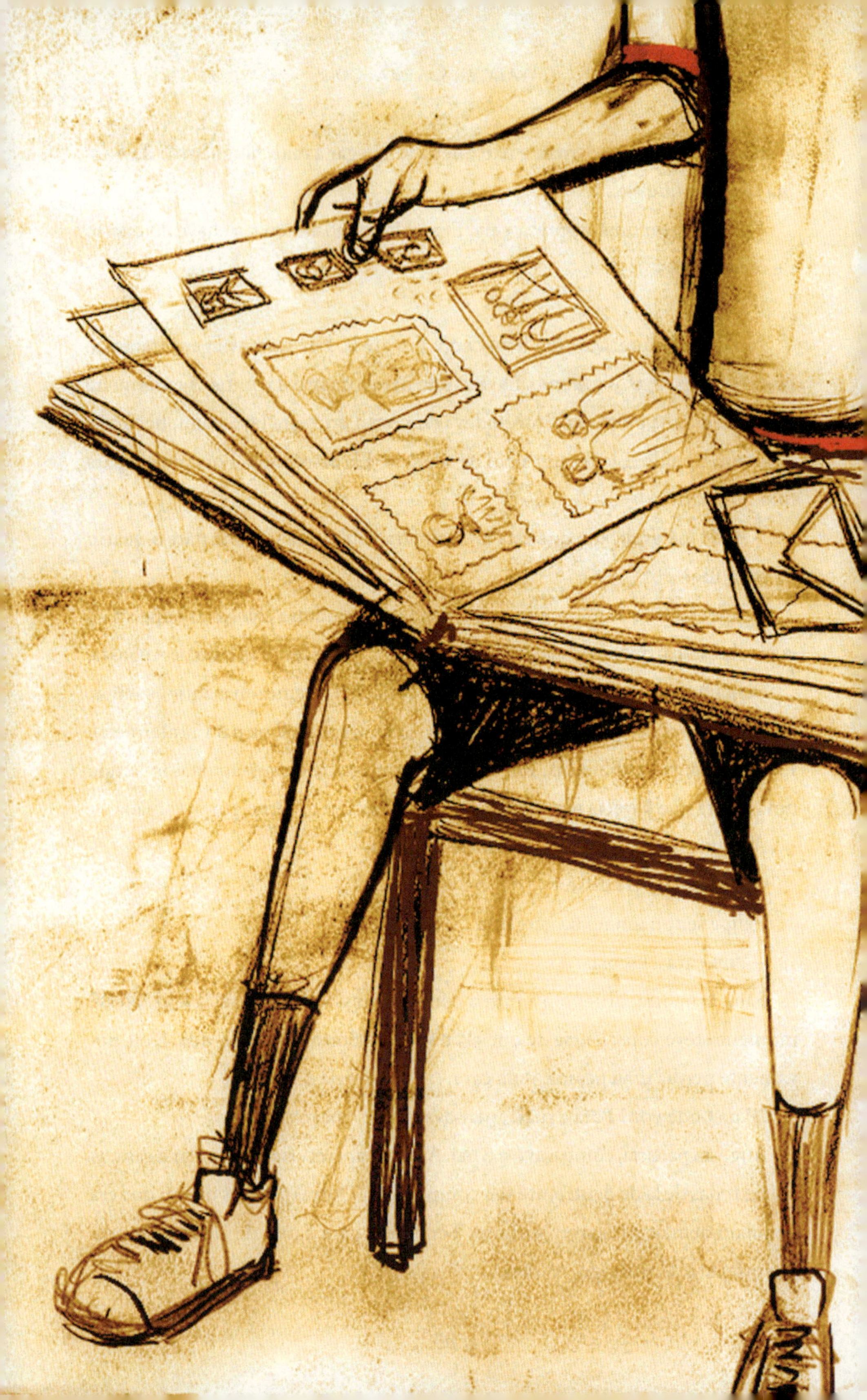

Trancou-se no quarto. Chorou durante horas, sentindo-se novamente abandonado.

"Ela não pode morrer agora!"

Seu coração continuava fechado. Era movido pelo simples instinto de sobrevivência. Pegou o dobrão de ouro. Brincou com ele nas mãos. Era seu maior tesouro. Lembrou-se de quando o ganhara da avó.

Como sempre fazia quando em desespero, pegou o álbum de retratos. Folheou-o, conversando com as lembranças.

"O que vai ser de mim, o quê?"

O rosto da avó parecia conversar com ele. Aos poucos, do fundo das lembranças, foi surgindo uma recordação. Lembrou-se da história que a avó contava: "Em um lugar que ninguém sabe onde é há uma caverna coberta de velas. Cada chama é a vida de uma pessoa. Quem guarda as vidas é a Senhora das Velas. Ela é quem decide quando uma chama se apaga, quando uma vida termina".

Em seguida, veio a imagem do sonho que tivera antes do acidente com o pai e a avó.

Estava em um templo. Uma mulher de olhos amendoados se aproximara com uma vela em cada mão. Assoprara as chamas.

Eram a vida da avó e a do pai, Felipe sabia agora.

"Mas se eu a vi é porque ela existe em algum lugar."

Refletiu. Mais uma vez, o rosto da avó lhe trouxera a resposta.

"Eu não posso perder minha prima, não posso ficar sem teto e voltar para a rua!", decidiu. "A chama dela não pode apagar!"

Tomou uma decisão. Modificaria seu destino.

Iria encontrar a Senhora das Velas.

Capítulo 5

Deitou-se cedo. Concentrou-se bastante.

"Eu quero encontrar a Senhora das Velas, eu quero encontrar a Senhora das Velas", repetia.

Recordava-se da mulher de olhos amendoados assoprando as chamas das velas da avó e do pai. Do templo. Mas, quanto mais pensava, menos sono tinha. Revirou-se na cama até de madrugada. Quando adormeceu, foi um sono sem sonhos.

Levantou-se tarde. Tomou banho e correu para a cozinha.

– E a prima?

– Passou mal esta noite – suspirou Margarida. – Mas teima em não ir para o hospital. O médico está lá no quarto.

O doutor desceu logo em seguida.

– Daqui a pouco, queira ou não, ela vai ter que se internar.

– Mas, se ela for pro hospital, ela se cura? – perguntou Felipe.

– Sempre há esperança – foi a resposta, evasiva.

Em seguida, tomou um café e despediu-se.

– Vá para a escola. Aproveite enquanto pode, garoto – Margarida aconselhou.

O ônibus escolar buzinou. Felipe saiu. Quando já estava dentro do ônibus, Margarida correu para o portão.

– A mochila, Felipe, você esqueceu!

Mas não fora distração. Deixara tudo porque pretendia fazer uma longa viagem. Seria mais fácil sumir na saída da escola, quando fosse pegar o ônibus. Bastaria sair andando. Muitas vezes, o motorista ia buscá-lo. Não havia rotina. Quando dessem por sua falta, estaria longe.

Foi o que fez. Assistiu, impaciente, às aulas da manhã. Não conseguia prestar atenção em nada. Cada vez que a porta se abria, seu coração dava um pulo. E se alguém chegasse com a notícia de que era tarde demais? Que Augusta partira para sempre?

Quando terminou o período, começou a pôr seu plano em prática.

Não sabia para onde ir, mas tinha um objetivo.

"Se a vovó sabia da Senhora das Velas, outras pessoas também devem ter ouvido falar dela", imaginava.

Na noite anterior, enquanto tentava pegar no sono, Felipe pensara bastante. Algumas vezes, ao sair com a prima, vira uma loja de velas no caminho. Velas de todos os tipos e cores, pequenas, grandes, enormes! Sabia bem onde era. Desde a viagem, adquirira facilidade em decorar caminhos. Precisaria andar um bocado, mas não tinha importância. Quem melhor para saber da Senhora das Velas que os donos de uma loja especializada?

Andou por um bom tempo. Ventava. Pedaços de jornais velhos, folhas caídas das árvores vinham em sua direção. Passou por prédios sem pintura. Andou pela avenida cheia de carros, de barulhos. A moeda de ouro, na sola do tênis, machucava a planta do pé. Mas, antes de sair, fizera questão de trazer consigo o seu maior tesouro.

Horas depois, exausto, chegou a uma pracinha. Ao lado de uma igreja antiga estava a loja de velas.

Era imensa. Muitas velas brancas, de todos os tamanhos. Em outras prateleiras, mais velas, verdes, amarelas, vermelhas, azuis. Algumas com cores superpostas, formando um arco-íris, outras de formatos diferentes, de flores, bichos, pirâmides. Ao fundo, estátuas de santos.

– Deseja alguma coisa? – perguntou a vendedora.

– Estou procurando...

Olhou em torno, sem jeito. Tomou coragem.

– A Senhora das Velas.

A vendedora fez uma expressão de dúvida. Franziu a testa. Olhou as estátuas ao fundo. Havia de tudo. Anjos, demônios de tridente, santos de todos os tipos.

– Espere um pouco.

Foi até o balcão e falou com uma senhora no caixa. Conversaram. A caixa o chamou.

– Sou a gerente daqui, mas nunca ouvi falar dessa estátua que você procura.

– Não, não é uma estátua. Eu queria falar com ela mesma.

As duas trocaram um olhar. Felipe não se deixou intimidar.

– É a dona da fábrica de velas? – perguntou a caixa, surpresa.

– Não, não é...

Outra vendedora que ouvira parte da conversa terminou de atender um cliente e se aproximou.

– Como é mesmo seu nome?

– Felipe.

– Um minuto que vou falar com a dona da loja.

A moça saiu por um instante, depois voltou e disse:

– Venha.

Felipe a acompanhou. Entrou em um grande salão, onde havia uma enorme mesa de madeira. Sentada em um banco, uma mulher de cabelos grisalhos amarrados em um rabo de cavalo esculpia uma imagem em um bloco de cera. À sua frente enfileiravam-se dezenas de velas trabalhadas com relevos de flores, quadrados, estrelas, luas. Algumas tinham tons de dourado, outras, laços de fita de cera colorida. A seus pés, um cachorro grande, marrom-escuro, bocejou ao vê-lo.

Felipe parou, surpreso. Nunca vira velas tão lindas em sua vida. A escultora captou seu olhar de admiração.

– Venha, pode olhar à vontade.

Ele admirou o trabalho.

– Passo os dias esculpindo velas especiais. Depois de feitas, trabalho cada uma como se fosse uma escultura.

– São lindas! – ele exclamou, maravilhado.

A mulher olhou para ele com ar de interrogação, à espera de que dissesse por que a procurara.

"Ela é simpática", pensou Felipe. Mas então se lembrou do sonho com a mulher de olhos amendoados, na catedral. Assoprando as velas da vida da avó e do pai. "Esta não é a Senhora das Velas!"

– Eu queria falar com a Senhora das Velas. Mas acho que não é a senhora!

Recebeu um sorriso.

– Está havendo alguma confusão. Eu trabalho com velas, mas não sei de quem está falando.

– Achei que alguém aqui soubesse, já que tem tantas velas. A minha avó falava dela. E uma vez, em um sonho...

– Veio me procurar por causa de um sonho?

– Acho que errei o lugar. Me desculpe.

Ia sair, sem jeito, mas a mulher disse:

– Espere! Eu amo as velas. Fico por horas meditando sobre a beleza de uma chama. Veja quantas vezes me queimei, me machuquei. Apesar disso, nunca deixei de amar as velas. Muitas vezes olho a chama e penso que é... um instante de vida! Alguém já disse que todos nós temos uma chama acesa dentro do peito. Não lembro quem foi.

Felipe esperou, percebendo que ela iria dizer algo importante.

– Só aprendi a fabricar velas e a sonhar olhando a chama. Mas...

O coração de Felipe bateu mais rápido.

Ela parou por algum tempo, escolhendo as palavras.

– Uma vez, nem me lembro onde foi, ouvi falar desse nome... a Senhora das Velas! Não sei se é lenda ou verdade.

– Sabe onde posso achar uma pista? Eu preciso falar com ela de todo jeito.

– É tão importante assim, garoto?

– Preciso salvar uma vida!

Ficaram em silêncio. A velha pensava.

– Talvez você possa achar uma pista nos livros. Os homens guardaram seus conhecimentos nos livros ao longo de centenas, milhares de anos.

– Que livro?

– Isso não sei dizer. Mas não muito longe daqui há uma grande biblioteca. Tem muitos livros antigos. Estão catalogados por assunto, títulos, autores. Vá até lá. Quem sabe?

Felipe sentiu uma imensa desilusão. Outro rebate falso. O que faria em uma biblioteca? Surpreendeu-se ao ouvir que encontraria uma resposta tão importante em algum livro. Uma resposta que mudaria sua vida.

"Pensando bem, por que não?", questionou-se.

– Existe algo de mágico no universo. Se você estiver preparado para realizar o seu sonho, seu sonho virá até você. – E continuou: – É assim com os livros. Quando precisamos de um livro, ele chega até nossas mãos. Basta prestar atenção.

Quando ia se despedir, a mulher abriu uma gaveta, tirou de dentro uma vela branca, simples, e lhe ofereceu.

– Eu podia dar uma destas bem trabalhadas. Mas meu coração diz que você deve levar esta aqui. Quando voltar, venha buscar outra de presente.

Felipe agradeceu, colocou a vela no bolso e partiu.

Andou rapidamente. O vento estava mais forte. O céu, cada vez mais coberto de nuvens cinzentas.

A biblioteca ficava em uma enorme praça cercada de árvores antigas. Subiu uma escadaria. Entrou.

Mesas escuras encontravam-se dispostas ao longo de um enorme salão. Silêncio absoluto. Só era interrompido pelo ruído de passos de uma ou outra pessoa que se levantava para consultar um rapaz sentado atrás de uma mesa, de óculos, usando um terno escuro.

Felipe teve vontade de sair correndo. Todas as pessoas lá dentro eram bem mais velhas que ele. Havia seriedade no ar. Aproximou-se do rapaz, que entregara dois livros a um senhor. Quando o homem saiu de perto, disse, sem jeito:

– Eu queria...

– O fichário é ali! – indicou o rapaz.

Felipe viu uma série de móveis estreitos, também de madeira escura.

– Nunca estive em uma biblioteca tão grande. Pode me ajudar? É a história de uma caverna onde vive uma mulher cercada de velas. Cada chama é a vida de uma pessoa. Eu preciso achar. É muito importante!

O rapaz olhou para ele de maneira indagadora, com jeito de quem achava aquela conversa muito esquisita.

– Parece tratar-se de alguma lenda, embora eu não saiba a origem. Sente-se diante de uma das mesas. Vou escolher uns livros e levo para você.

Felipe se sentou a uma mesa, decidido. "Não volto para casa até achar a Senhora das Velas, custe o que custar!"

O rapaz ressurgiu com uma pilha de livros.

– Peguei livros sobre várias tradições. Quando acabar, me chame, que venho buscá-los.

Felipe folheou o primeiro. Desanimado, notou que o rapaz procurara um dos livros mais fáceis. Tinha muitas figuras e histórias de deuses e heróis da Grécia antiga. Tentou ler algumas, mas não conseguiu. Abriu o segundo. Viu figuras de árabes de turbante em tapetes voadores. E, no outro, de chineses voando com longos mantos e rabichos no cocuruto. E assim sucessivamente.

Já estava pronto para desistir quando chegou ao fim da pilha.

Abriu o último livro por abrir e encontrou novamente muitas figuras. Mas no final havia a figura de um rapaz de asas nos pés, idêntico ao que vira no sonho que não era sonho, ainda no sítio. Quando ia ler sobre ele, bateu os olhos na outra página.

Lá estava ela. Uma antiga deusa de olhos amendoados e rosto plácido. Embaixo, uma explicação: "Ceres, a deusa da colheita, da abundância. Para muitos, tinha o dom de dar a vida aos mortais".

Contemplou o rosto dela, fascinado. Era semelhante ao que vira no sonho. Procurou ler mais sobre ela. Segundo descobriu, era uma deusa cultuada na Grécia antiga e durante o Império Romano. Lembrou-se de que a avó nunca dissera o nome dela. Olhou a foto da antiga estátua de pedra. Grécia. Como ir até tão longe? A Grécia era outro país! Segundo o livro, era uma história de séculos atrás. Mas, de alguma forma, em outro lugar, em outra época, alguém enxergara o mesmo rosto que ele vira no sonho. A imagem era uma prova disso! Portanto, em algum lugar ela devia estar. Para todo lugar há um caminho, e ele descobriria como chegar lá.

Lá fora, os trovões se tornavam mais fortes. Sentia-se exausto, com as pernas doloridas. Tinha fome e sede.

Abriu o último livro, distraidamente, no meio. E novamente, dessa vez com um manto azul, os olhos claros e amendoados o encaravam através dos séculos. O rosto! Agora ele sabia. Já vira esse rosto recentemente.

Sentiu dedos tocando seu ombro. Ergueu a cabeça, surpreso. O velho que se levantara da mesa para pegar um livro quando ele chegara estava de pé, ao seu lado.

– Vi você estudando – comentou em voz baixa. – Achou o que procurava?

– Acho que sim! Mas só nos livros! – disse Felipe.

O velho observou a imagem da deusa no livro anterior, ainda aberto. E a de Nossa Senhora, na frente de Felipe. Sorriu:

– Ela existe e sempre existiu. E sempre existirá. Não é à toa que eu peço todas as noites, ao dormir: "Rogai por nós".

– Mas eu queria falar com ela. Eu preciso!

– Acenda uma vela e a encontrará!

O velho se afastou tão suavemente que, por um instante, pareceu nunca ter existido.

"Uma vela!", pensou Felipe.

Apalpou a vela no bolso. "Eu tenho a vela! Mas onde acender?"

Sentiu um clarão na mente. Lógico!

Fechou os livros. Foi até o bibliotecário e disse que terminara.

– Encontrou o que procurava?

– Agora sei onde está!

Saiu para a escadaria que levava à biblioteca. O barulho dos trovões estava ainda mais forte. Gotas pesadas de chuva começaram a cair. As pessoas corriam nas ruas. O vento carregava objetos. Mas Felipe sabia para onde ir.

Lembrou-se da gruta que encontrara quando chegara à cidade. Lá, diante da imagem e de uma vela, pedira ajuda. Ganhara coragem para pedir ajuda aos policiais. Tivera medo, mas conseguira um teto. Lembrou-se de que, ao olhar a chama, momentaneamente fora transportado a outro lugar.

Agora, depois de ler os livros, sabia. Existia outro mundo, separado deste aqui por um tênue véu. Era o mundo onde, acreditavam os antigos, viviam os deuses. Era o mundo que às vezes visitava em sonhos. O mundo dos mistérios. A Senhora das Velas só podia estar lá.

Muitas vezes se lembrara da gruta com a vela acesa em uma praça antiga. Não era longe dali, pois a biblioteca também ficava no centro da cidade. Para sua surpresa, só precisou andar três quarteirões, tão iguais quanto os vértices de um triângulo.

Com a ventania, a praça parecia ainda mais maltratada. As folhas voavam das poucas plantas, já secas.

Aproximou-se da gruta de cimento e pedra um pouco protegida do vento. Lá estava a estátua de manto azul e olhos amendoados. À sua frente, um pavio aceso. A vela estava se acabando. Lembrou-se da mensagem da dona da loja: "Se você estiver preparado para realizar o seu sonho, seu sonho virá até você".

Soube imediatamente o que fazer.

Pegou a vela que trazia no bolso e a acendeu na chama da que se acabava. Ela tremulou, por causa do vento forte, mas Felipe a protegeu com a mão. Colocou a vela dentro da gruta, em frente à imagem.

Fixou os olhos na chama. Fez seu pedido sincero. Sem palavras, mas do fundo do coração.

A chama tremulou novamente. A imagem pareceu sorrir, mas Felipe não teve tempo para verificar se era só impressão. A chama se ampliou, alargou-se, cresceu. Transformou-se em uma cortina de luz e depois foi tomando a forma de um túnel.

Felipe sentiu um forte calor no rosto no momento em que a luz o envolveu. Em seguida já não via nada, a não ser a beleza da chama. Nem ouvia os ruídos do vento, a trovoada, nem sentia os pingos da chuva.

Era um caminho de pura luz.

Ainda de joelhos, estendeu os braços e mergulhou para o desconhecido.

A Senhora das Velas

PARTE CINCO

Vida

Capítulo 1

Quando o clarão diminuiu, Felipe estava no alto de um morro. À sua frente havia uma estátua de pedra em tamanho natural. O véu esculpido caía sobre o corpo. Os olhos eram amendoados. Era idêntica à imagem da gruta, mas parecia ter vida. Felipe percebeu que ela sorria carinhosamente.

– Então, conseguiu chegar – disse a estátua.

Ao falar, ela fez um movimento diferente de qualquer outro que Felipe já vira, pois se mexia como se não tivesse ossos nem músculos. A pedra de que era formada se movia, animada por uma vida misteriosa. Ao mesmo tempo, o menino percebeu que não tinha realmente ouvido sua voz. Era como se as palavras surgissem dentro da cabeça dele.

– Eu vim em busca da Senhora das Velas – explicou Felipe. – Sei que vive numa gruta, minha avó me contou. Mas onde é?

– Tome o barco que está na beira do rio. Ele o levará até a ilha onde está a gruta.

Quando ia dar o primeiro passo em direção ao ancoradouro onde havia um barco pequeno, novas palavras ressoaram.

– Mas só vá se tiver certeza do que quer. Está anoitecendo. Quando o sol chegar, deve pegar o barco, ou não voltará nunca mais.

Felipe sentiu um forte calafrio.

– Ficará na ilha para sempre, perdido, sem poder voltar para seu mundo e sem um lugar neste em que se encontra agora. Aqui, neste mundo, a palavra sempre significa o que realmente diz. Sempre. A eternidade.

A estátua se calou. Felipe não esmoreceu.

– Preciso ir. A vida da minha prima depende de mim.

– Há outra coisa que você precisa saber – continuou a estátua viva. – Só poderá atravessar para o mundo que deixou através da chama da vela. A que acendeu durará no máximo até o amanhecer. Se não houver uma chama acesa, só restará a escuridão, e você não atravessará o portal da luz!

Mais uma vez Felipe hesitou. Ele se lembrou de que no sonho, quando tivera dúvida, a catedral quase se desfizera. Lembrou-se da prima na cama, magra, quase sem ar. Pensou em si mesmo, sem casa, na rua. Sem ninguém.

– Eu vou – respondeu firmemente.

A estátua parou de se mexer. Felipe desceu rapidamente por uma trilha que levava até um lago escuro, ao pé do morro. No pequeno cais estava o barco – pouco mais que uma canoa, para dizer a verdade. Várias figuras que Felipe não conseguiu distinguir muito bem, pois lhes faltava substância material, sentavam-se nos bancos transversais. O barqueiro já desamarrava a corda, pronto para partir.

– Espere! Eu também vou! – gritou Felipe.

O barqueiro parou. Ao chegar, na escuridão do anoitecer, Felipe olhou para o barqueiro, surpreso.

Ele tinha um dos olhos cego, branco. A pele de seu rosto se colava nos ossos. Os longos cabelos caíam em seus ombros. Sua roupa era uma espécie de manto. Era impossível precisar a idade do homem. Só dava para dizer que ele era muito, muito velho.

– Preciso ir para a ilha da Senhora das Velas – afirmou Felipe.

– O barco já está cheio – o homem respondeu. – E todos vão para o mesmo destino. Por que pretende partir também?

– Preciso encontrar a Senhora das Velas! – exclamou o menino, com tom de urgência na voz.

– Você, tão novo ainda? Ora! Volte para seu mundo. Aceite seu destino, seja ele o que for! – aconselhou o barqueiro.

– Não posso. Quero ter um destino melhor.

– Sabe que está se arriscando muito?

– Sei.

– Bom, já conhece a regra, não é? Se ao amanhecer não estiver exatamente onde eu o deixar, nunca mais voltará! Mesmo assim, teima em ir?

– Cheguei até aqui, não quero voltar atrás!

O velho o advertiu novamente:

– Daqui você ainda pode voltar para seu mundo, mas, se atravessar as águas, tudo será diferente. Será regido por forças muito antigas, que controlam os mundos, o que você conhece e outros espaços vastos, infinitos. Se atravessar o rio, só poderá voltar no meu barco na próxima manhã, ou nunca mais!

Felipe respirou fundo, tomando coragem.

– Eu vou, não importa o perigo!

– Se você quer ir, eu levo. Você é pequeno, cabe aqui ainda.

Felipe deu um passo para entrar no barco. O velho esticou a palma da mão, mostrando os dedos angulosos.

– Pague.

Surpreso, Felipe parou.

– Pagar o quê?

– A passagem. Quem entra neste barco paga para atravessar. O preço é o que tem de mais precioso. Quem entra neste barco entrega as saudades, as lembranças. Cada um deixa tudo o que considera mais importante. Tudo que é material. Tudo que o prende ao mundo de lá.

Só então Felipe entendeu. Os outros passageiros eram almas que haviam deixado a terra. Mas não era o caso dele.

– Eu vou para outro lugar. Vou em busca da Senhora das Velas.

O velho ergueu o remo, pronto para partir. Ia deixar Felipe para trás.

O menino hesitou. O dobrão de ouro estava guardado na sola do tênis. Abaixou-se, sob o olhar rígido do velho, tirou o tênis e pegou a moeda. Calçou-o de novo. Ergueu-se.

– Esta moeda foi dada por minha avó. Quando olho para ela, me lembro do tempo em que era feliz, em que tinha uma família que gostava de mim. É o que tenho de mais valor.

Felipe colocou o dobrão de ouro na palma do velho.

O barqueiro se afastou, dando passagem para Felipe, e ele subiu, sentando-se no fundo, entre as almas cujos rostos não conseguia distinguir.

O barco deslizou silenciosamente pelas águas escuras. Nenhum dos presentes falava ou se mexia. O barqueiro os conduzia de pé na proa, com seu longo remo.

Aproximaram-se de uma ilha coberta por árvores. O barco encostou em um pequeno cais. Figuras vestidas de branco se aproximavam. De novo, era impossível distinguir seus rostos. Houve uma agitação entre os passageiros. Alguns choravam, outros riam. Gritavam nomes. Saíram às pressas, sem esperar que o barco atracasse completamente. Ouviu palavras soltas.

– Papai!

– Vovó!

– Ah, que saudade!

O barqueiro voltou a remar, distanciando-se rapidamente da ilha.

Felipe era o único passageiro. As águas se tornavam mais largas e escuras. Não demorou muito e divisou uma ilha rochosa, de lados íngremes e com um pico árido. Percebeu uma estranha luminosidade vinda das fendas do rochedo mais alto.

O barco se aproximou. Parou.

– É aqui.

Felipe se assustou com a frieza do lugar, onde só havia pedras.

– Se quiser desistir, ainda pode voltar comigo.

Teve certeza de que a luz que estava vendo devia ser das velas acesas.

– Vou ficar.

Corajosamente, Felipe se ergueu. O barco balançava. Botou um pé em terra firme, depois o outro.

– Não se esqueça. Estarei aqui amanhã, ao amanhecer, ou nunca mais.

O barqueiro remou rapidamente para longe.

Felipe contornou os rochedos rapidamente. Logo descobriu uma pequena trilha que levava a uma escadaria escavada na pedra. Ajudado pelo luar, distinguiu os degraus gastos. Tomou fôlego e começou a subir. Ao chegar perto de uma árvore seca, sem folhas, ouviu latidos ferozes.

Um enorme cão, grande como nunca vira antes, se aproximava, ladrando furiosamente. Para seu horror, tinha três cabeças! Felipe encarou os dentes pontiagudos. Estava perdido!

O cão parou nos degraus, ameaçador, impedindo que o menino continuasse. Felipe tremeu. Mas então se lembrou de sua cachorra Dalila, que ele tanto amara. Nunca tivera medo de cachorro, nem dos da casa do fazendeiro. Por que teria agora?

A primeira coisa em que pensou: diante de um cão furioso, é preciso ficar imóvel. A segunda: não podia demonstrar medo. Cachorro sente cheiro de medo e fica mais furioso!

Encarou o cão. Seis olhos o encararam de volta. O cão de três cabeças bateu em retirada, e Felipe continuou subindo a escada. O pouco que havia de vegetação na base do morro desapareceu completamente. A ilha terminava numa espécie de pirâmide formada por pedras gigantescas apoiadas umas nas outras. Não parecia feita por mãos humanas, mas também podia ser o resultado de séculos de erosão sobre a pedra, responsável pela formação semelhante a um chapéu pontudo. Nas paredes de pedra havia muitos buracos. Atrás deles, o brilho das chamas tremulava.

Seu coração bateu mais depressa.

Correu para o grande arco de entrada da pirâmide. Deslumbrado, descobriu que o brilho vinha de milhares, talvez milhões ou ainda mais de velas acesas.

Chegara!

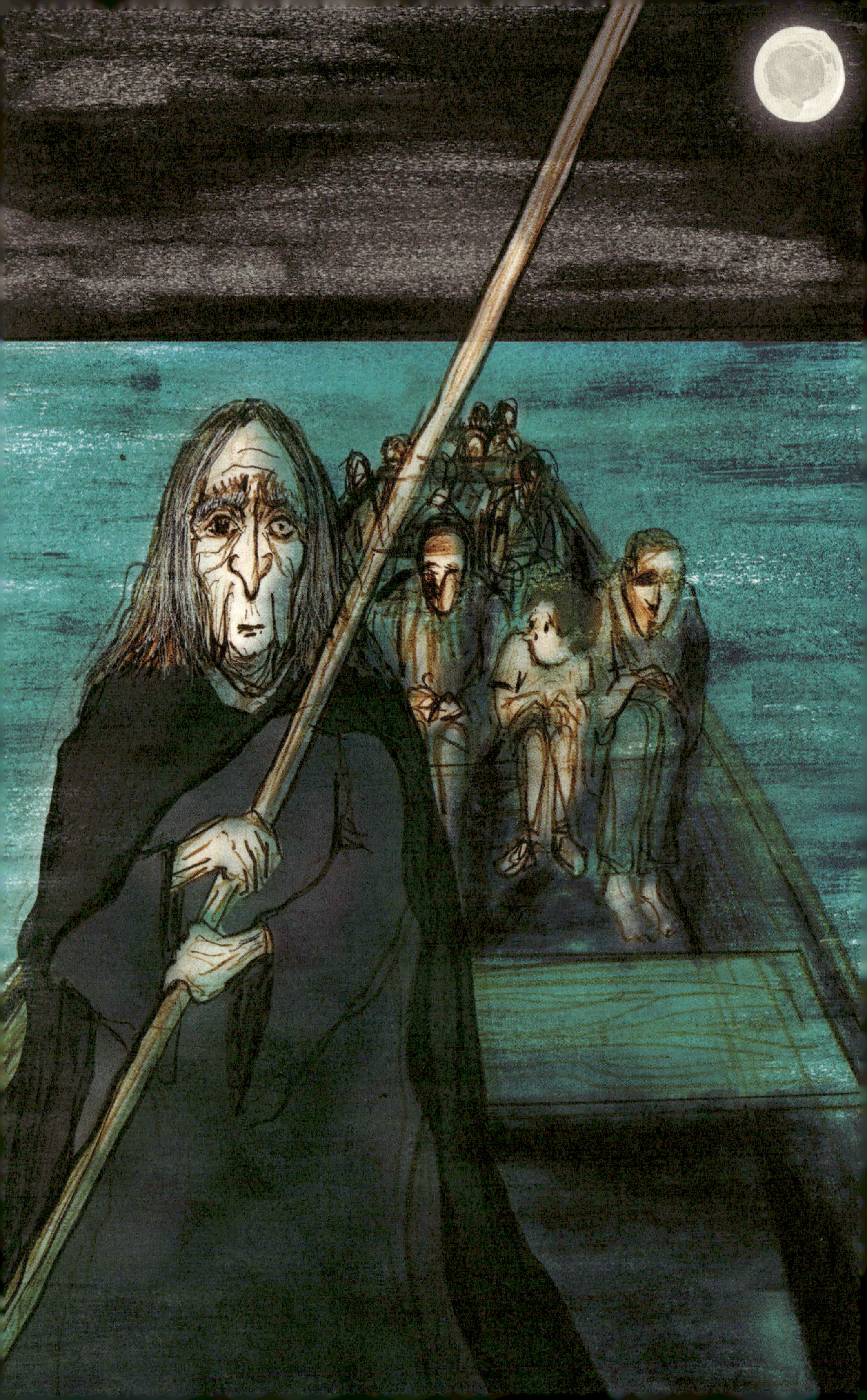

Capítulo 2

As velas se dispunham ao longo de toda a caverna, sobre pedras, no chão, amontoadas, em nichos, separadas. Algumas chamas estavam firmes, apontando para o alto. Outras tremulavam. Muitas pareciam prestes a se apagar. Muitas velas eram novas, pareciam recém-acesas. Outras eram tocos das quais mal restava o pavio, com uma chama fraca no fim da cera derretida.

Vários caminhos estreitos atravessavam a gruta. O principal parecia levar ao centro. Mas Felipe não enxergava figura alguma. Onde estaria a Senhora das Velas?

Nesse instante, entre a fumaça provocada pelas chamas, divisou um vulto coberto de véus, no fundo. Era ela. Naquele instante, recebia um saco enorme cheio de velas do rapaz com asas nos pés que Felipe vira em seu sonho havia tanto tempo. Notou que o rapaz tinha um rosto mais doce do que lembrava. Parecia uma espécie de anjo! O rapaz se despediu e saiu voando. A figura feminina coberta por véus abriu o saco. Retirou uma porção de velas e começou a acendê-las, colocando-as cuidadosamente ao longo de outra parede da caverna.

Felipe ainda não fora notado. Caminhou na direção dela.

Para sua surpresa, descobriu que o próprio movimento dos véus fazia muitas chamas tremular. Pelas aberturas da caverna entrava um vento constante.

Às vezes, ficava mais forte e apagava algumas velas ainda grandes. Outras, pelo contrário, resistiam até o finzinho, quando nem havia mais cera. Não parecia haver uma regra, e muitas velas se apagavam, aparentemente por acaso, antes do tempo. Outras resistiam mesmo ao vento mais forte, com as chamas indo de um lado para outro. Muitas, bem abrigadas, continuavam firmes, pelo menos até que o vento se voltasse em sua direção.

Ao terminar de acender uma vela, a mulher se virou. Encarou Felipe, surpresa.

– O que faz aqui?

Ele não conseguiu conter sua curiosidade.

– De onde vêm tantas velas?

– Esse é um mistério que não posso revelar. Elas vêm do mundo dos anjos e são acesas graças à grande chama do Criador. Se chegou até aqui, é porque já sabe que cada vela é uma vida sobre a terra. Quando a chama se extingue, a vida termina. Mas só a vida que você conhece. Porque, então, a alma penetra no mundo dos mistérios.

Seus olhos agora pareciam duas luas cheias. Felipe estremeceu.

– Se conseguiu vir até mim, é porque tem um grande valor, Felipe.

– Como sabe meu nome?

– Ora, eu sei o nome de cada vela que está acesa nesta caverna. – A mulher fez um gesto delicado e disse: – Atravessou as águas escuras. Por quê?

– Vim fazer um pedido – disse, com humildade.

– Um pedido? – indagou com delicadeza a Senhora das Velas.

Em seguida, ela se virou e caminhou em direção a um grupo de velas. Pegou uma na mão e a assoprou. Horrorizado, Felipe percebeu que uma vida se extinguia.

– Por que apagou a vela?

– É minha missão receber as velas, acender as chamas com a Luz do Criador, mantê-las acesas e apagá-las na hora devida. Aqui dentro não há bem nem mal, Felipe. A vida e a morte não são boas nem ruins em si mesmas. Depende de cada um.

— Vim pedir por minha prima Augusta. A chama dela está quase se apagando.

— Se a chama está se apagando, é preciso se conformar. Nada posso fazer.

— Não vim de tão longe para me conformar!

A Senhora das Velas abanou a cabeça.

— Já disse, é impossível.

— Mas para vir até aqui eu dei meu bem mais precioso, meu dobrão de ouro deixado por minha avó, e com ele minhas melhores lembranças! Era a única lembrança que eu tinha dela!

A Senhora das Velas caminhou através das rochas. Felipe pôs-se a segui-la, surpreso pelo tamanho da caverna. Ela parou diante de um amontoado de velas protegidas por uma parede alta, onde se aninhavam mais velas. Entre elas havia uma vela quase no fim: só restava um pouco de chama no pavio.

Ela indicou a vela.

— Esta é a chama da sua prima Augusta. Como vê.

— Eu não quero ficar sem um teto, sem ter onde comer!

— Sua barriga está falando mais alto do que qualquer outra coisa, Felipe. Mas eu sinto muito. Cada um tem sua vela.

— Qual é a minha vela? — Felipe perguntou, desesperado.

Serenamente, ela fez um gesto com a mão e apontou para a quina de um rochedo bem próximo, onde havia uma vela grande, com uma chama enorme e resistente.

— Quem tem coragem de vir até aqui tem o direito de ver a própria vela. Aqui está. Ainda vai viver muitos anos, Felipe. Muitos.

Ele ergueu a cabeça, decidido, e então propôs:

— Por favor, tire um pedaço da minha vela e dê para a prima Augusta. Ela precisa ganhar mais um tempo de vida.

A Senhora das Velas sorriu tristemente.

— Seria uma oferta generosa, se não fosse feita apenas pela sua barriga. Ou por seu medo de passar necessidade. De qualquer maneira, nada posso fazer. Ninguém pode tirar um pedaço da própria vida para prolongar a de outro.

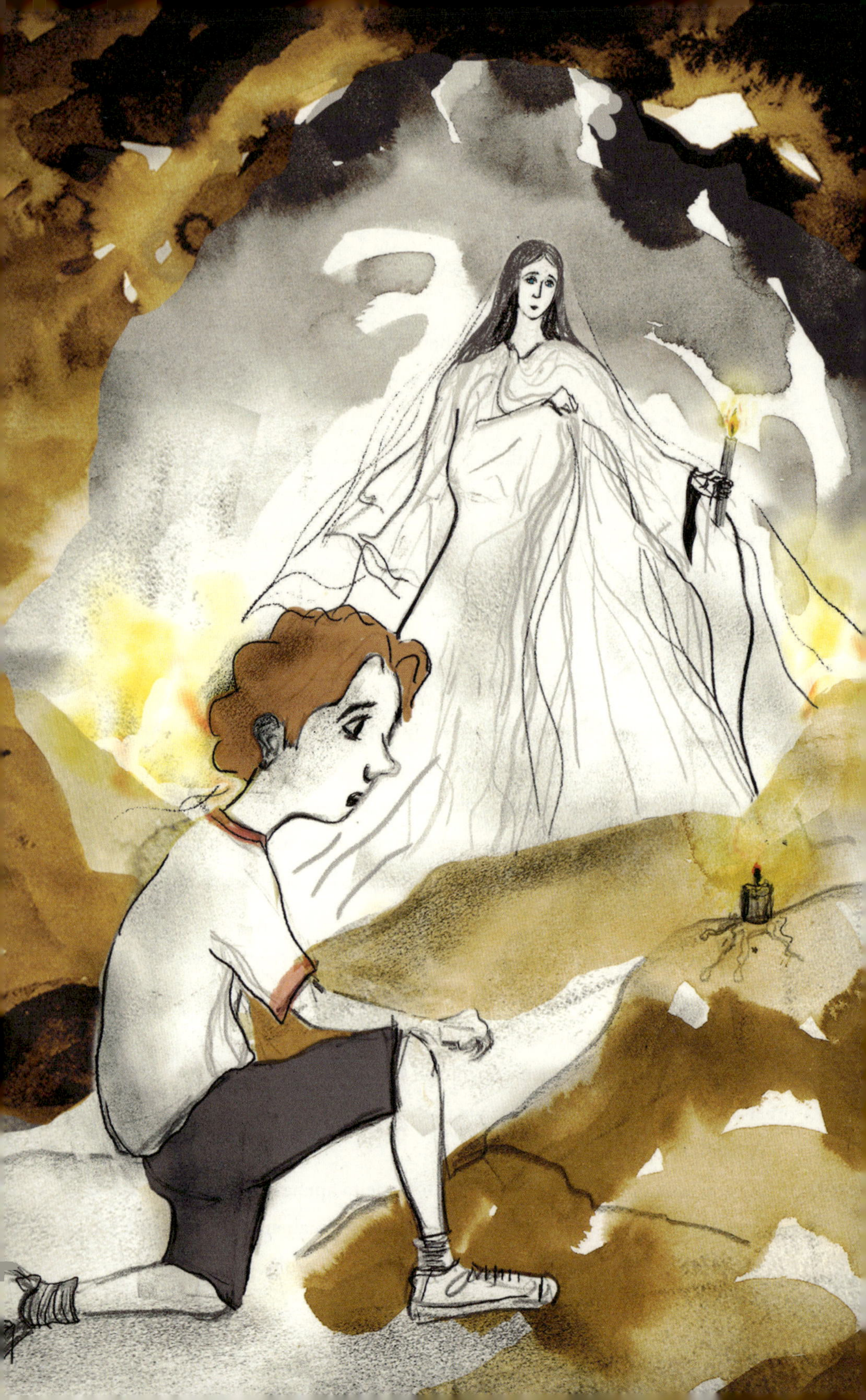

A Senhora das Velas pegou o resto de cera em que se transformara a vida da prima Augusta, com o pequeno pavio aceso com uma luz azulada, débil. Delicadamente, colocou-a nas mãos de Felipe.

– É melhor você se despedir. A chama da sua prima vai se apagar a qualquer instante.

Felipe sentiu um nó na garganta.

E, de repente, lembrou-se da primeira vez que a vira no abrigo de menores. Séria. Rígida. Mesmo assim, aceitara levá-lo. Do pequeno sorriso quando ele subira na escada-rolante pela primeira vez no shopping. Das roupas. Da escola. Das vezes que tinham jantado juntos. E, finalmente, da caixinha de música que colocara em suas mãos. Das bonecas. De seu olhar de agradecimento quando lhe dissera "Obrigada".

A dor cresceu dentro do peito de Felipe.

Apesar de sua dificuldade de gostar de alguém, ela o acolhera.

Então, seu coração falou mais alto do que sua barriga, do que seu medo de perder tudo o que era material. Sentiu um calor no peito. Por ela entregara seu bem mais precioso. Por ela atravessara as águas escuras. Queria ver seu sorriso de novo. Queria ter tempo para dizer que gostava dela!

Sem que ele percebesse, o sentimento fora cultivado durante todo aquele tempo, e ela conquistara o coração de Felipe. As reclamações, as palavras ríspidas que pareciam tão importantes desapareceram. Mais fortes do que elas havia um afeto precioso.

O pequeno coração de Felipe, que se fechara na desconfiança, no medo dos outros, não havia secado totalmente. Por mais que não quisesse gostar de ninguém, ele se apegara à prima Augusta.

Agora, não queria perdê-la!

Felipe sentiu as lágrimas descerem pelo rosto. Chorou.

Chorou como não chorava havia muito tempo. Chorou para lavar seu coração da desconfiança. Chorou para superar o medo de perder alguém. Chorou por amor.

Queria parar, com medo de que as lágrimas apagassem a pequenina chama. Mas não conseguiu. As lágrimas correram aos borbotões.

Tão desesperado estava que não percebeu que cada lágrima que caía se transformava em cera, e a vela foi crescendo novamente. A chama se tornou mais forte. Felipe não percebeu. Só chorava, chorava.

Sentiu um toque suave nos ombros. Abriu os olhos.

A Senhora das Velas sorria. Mostrou a chama firme nas mãos dele, a vela bem maior.

— Para vir até aqui, Felipe, você ofereceu seu bem mais precioso, o dobrão de ouro. Mas era um bem material. Agora, não. Você chorou. Ofereceu um bem mais precioso ainda, o amor. Você descobriu o segredo. Só o amor renova a vida!

Pegou gentilmente a vela das mãos de Felipe e a colocou de volta no lugar em que estava.

— Você salvou a vida de sua prima. Juntos, vão descobrir o amor que já existe entre vocês.

Tocou a testa de Felipe bem no centro, e ele sentiu uma corrente de energia.

— A sua chama também está mais forte. Quando a gente tem um sentimento verdadeiro para oferecer, a nossa vida também se renova!

Capítulo 3

Felipe olhou para fora, com os olhos ainda molhados de lágrimas. A noite parecia menos escura.

"Vai amanhecer. Eu preciso ir!"

Lembrou-se de que deveria tomar o barco. A Senhora das Velas fez um aceno e sorriu.

Ele sorriu de volta e partiu.

Voou pelos degraus, escorregando, raspando os cotovelos. Dessa vez, o cão de três cabeças não apareceu. De longe, viu o barco na margem. Correu depressa, o mais que pôde, gritando:

– Espere, espere!

Mas o barqueiro partiu.

Felipe chegou ao pequeno cais. Implorou.

– Volte, volte!

Mas o barqueiro nem olhou para trás.

"Não poderei voltar nunca mais", desesperou-se.

Ia ficar perdido na ilha pela eternidade!

Mas o inesperado aconteceu. A mão de um homem atravessou uma nuvem. Logo depois, seu corpo inteiro surgiu. O mesmo rapaz que vira em sonhos, tanto tempo atrás, com asas nos pés. O mesmo que entregara as velas na caverna. Aquele que parecia um anjo!

Felipe não pensou duas vezes. Estendeu o braço e agarrou a mão dele. Deixou-se levar como no sonho. A noite rapidamente se transformava em dia. Os primeiros raios de sol surgiram no horizonte.

– Eu preciso voltar, eu preciso voltar – repetia Felipe.

O rapaz o depositou no alto do morro. Felipe olhou para a estátua de pedra, e dessa vez ela sorriu. Em seguida, ela ergueu o braço e indicou o horizonte.

A luz do amanhecer tomava todo o céu. Felipe sentiu o clarão dos raios do sol em seu rosto. E a luz ficou cada vez mais forte. Então, percebeu que todo o céu se tornara uma enorme chama. Ergueu os braços, deixando a chama iluminar seu corpo. A luz se tornava cada vez mais intensa, e não havia mais morro nem céu. Só a chama.

Ele deu um passo e mergulhou na luz.

Sentiu seu corpo rodopiar. Caiu. Seus olhos, cegos pela luminosidade, nada viram por algum tempo. Em seguida, a luz foi diminuindo, diminuindo, até se tornar uma pequena chama, tremulando no fim de um pavio. Estava diante da pequena gruta com a estátua de Nossa Senhora. Amanhecera. Pessoas passavam apressadamente.

Estava de volta.

"Foi tudo um sonho!", pensou Felipe.

Então lembrou-se de algo que poderia provar se o que vivera fora sonho ou não: o dobrão de ouro. Resolveu tirar a prova. Desamarrou o tênis. Tirou a meia com cuidado. O dobrão de ouro havia desaparecido.

Com uma sensação estranha, voltou andando para a casa.

"E se foi mesmo só um sonho?"

Foram horas de caminhada. Atravessou o centro e vários bairros.

Chegou finalmente ao portão da casa. Ela também estava diferente. Mais clara. Surpreso, Felipe percebeu que fora pintada. Mas como?

O portão da garagem se abriu. O motorista saía com o carro. Felipe fez um sinal. O homem abriu o vidro. Olhou para ele, estranhando:

— Não está me reconhecendo?

O motorista apertou os olhos. Então, parou o carro, desceu e correu até ele, como se não acreditasse no que via.

— Felipe!

Antes que o menino pudesse dizer qualquer coisa, o motorista correu para a porta e a abriu.

— Olhe quem está aqui! – gritou.

Margarida veio correndo.

— Felipe!

— Mas por que tanta surpresa? E... e a prima Augusta? – perguntou com medo.

— Então não sabe?

A empregada fez com que Felipe entrasse. Ele olhou em torno. A sala também parecia diferente, mais clara. O tecido dos móveis fora renovado. Ouviu um ruído. Virou-se.

Augusta descia a escada. Quando o viu, apressou-se. Estendeu as mãos, tocou os ombros do menino.

— Felipe! Você voltou!

Felipe a observou, surpreso. Estava andando novamente, com passos bem mais firmes. Não usava mais peruca. Seus cabelos haviam crescido. Ainda eram bem curtos, mas já emolduravam o rosto. Ela havia engordado um pouco e perdera a aparência de fragilidade.

— Prima Augusta! Você melhorou!

— Nem os médicos conseguem explicar, Felipe. Foi uma melhora muito rápida: de um dia para o outro ganhei força, ganhei vigor. Mas me diga: por que ficou fora por tanto tempo?

— Mas eu...

Não conseguiu completar. A prima o levou para a sala. Sentaram-se.

— Você desapareceu por dois meses!

— Não pode ser!

Mas então Felipe se lembrou de que o tempo no outro mundo não era igual ao dos homens. "E a vela que deixei acesa?" Concluiu rapidamente que, dia após dia, alguém fora até a gruta rezar para a imagem, e que haviam acendido uma vela sobre a outra, mantendo sempre a chama viva. O portal continuara aberto, e por isso ele conseguira voltar!

Augusta tocou o rosto de Felipe.

– Fiquei tão preocupada, Felipe! Eu na cama, sem poder fazer nada para ir atrás de você... Pensei que partiria desta vida sem ver você nunca mais. Senti tanta saudade! E você... você é a única pessoa que eu tenho no mundo!

Felipe tentou dizer alguma coisa, mas ela continuou:

– Eu tinha muito medo de gostar de alguém e perdê-lo, como perdi minha filha. Mas na cama eu me lembrava de você sozinho, com muito medo naquele abrigo de menores. De você aqui em casa, quieto, tentando não me perturbar. Do seu carinho ao me trazer a caixinha de música e as bonecas para enfeitarem meu quarto. – Augusta parou, emocionada. Engoliu em seco e continuou: – No dia seguinte do seu desaparecimento, chegou uma carta para você.

– Carta?

Augusta pediu para Margarida ir buscar a correspondência em seu quarto.

– Me desculpe, eu a abri. Queria uma pista para descobrir onde você poderia estar...

Assim que Margarida chegou e entregou a carta a Felipe, ele a leu rapidamente. Celeste escrevera para o antigo endereço da prima Augusta, onde ficava o escritório da fábrica. Enviara uma foto de si mesma abraçada com Dalila. Dizia que tinha saudade e esperava revê-lo um dia. O coração de Felipe deu um pulo dentro do peito.

A prima percebeu a emoção do menino ao ver a foto.

– Telefonamos para o padre da sua cidade, mas ninguém tinha notícias – continuou Augusta. – Mas nunca acreditei que você tivesse fugido de mim! Algo me dizia que você estava lutando por mim, embora eu não conseguisse entender como. – Fez um curto silêncio e finalizou: – Nem quero perguntar para onde foi, o que aconteceu. O importante é que você voltou.

– Você se curou, prima! De verdade?

– Os médicos já haviam desistido de mim. Mas uma noite eu tive um sonho, um sonho com você, Felipe. Eu vi você em uma caverna cheia de luz. E no sonho você chorava por mim. Acordei com uma sensação estranha. Daquela noite em diante, comecei a melhorar. Ninguém soube explicar como, mas a vida voltou para dentro de mim! Cada dia fico mais forte. Os médicos dizem que isso às vezes acontece, mas é muito raro.

Ela olhou para Felipe fixamente.

– Foi um sonho, Felipe? Foi mesmo um sonho? Ou você foi mesmo a algum lugar cheio de luz?

As lágrimas corriam pelo rosto de Felipe.

– Tudo é muito misterioso, prima. Mas descobri que o segredo da vida está no coração! E, quando você ficou doente, fiquei com muito medo de te perder.

– Eu também, Felipe, fiquei desesperada, achando que nunca mais o encontraria.

– Você é minha família, prima. Prometo cuidar de você sempre.

– E você também, Felipe. Você é a minha família!

Os dois se abraçaram.

Os corações se aqueceram.

Ali, descobriram que o significado de família era o sentimento que nutriam um pelo outro.

Descobriram, também, que só o amor acende a chama da vida.

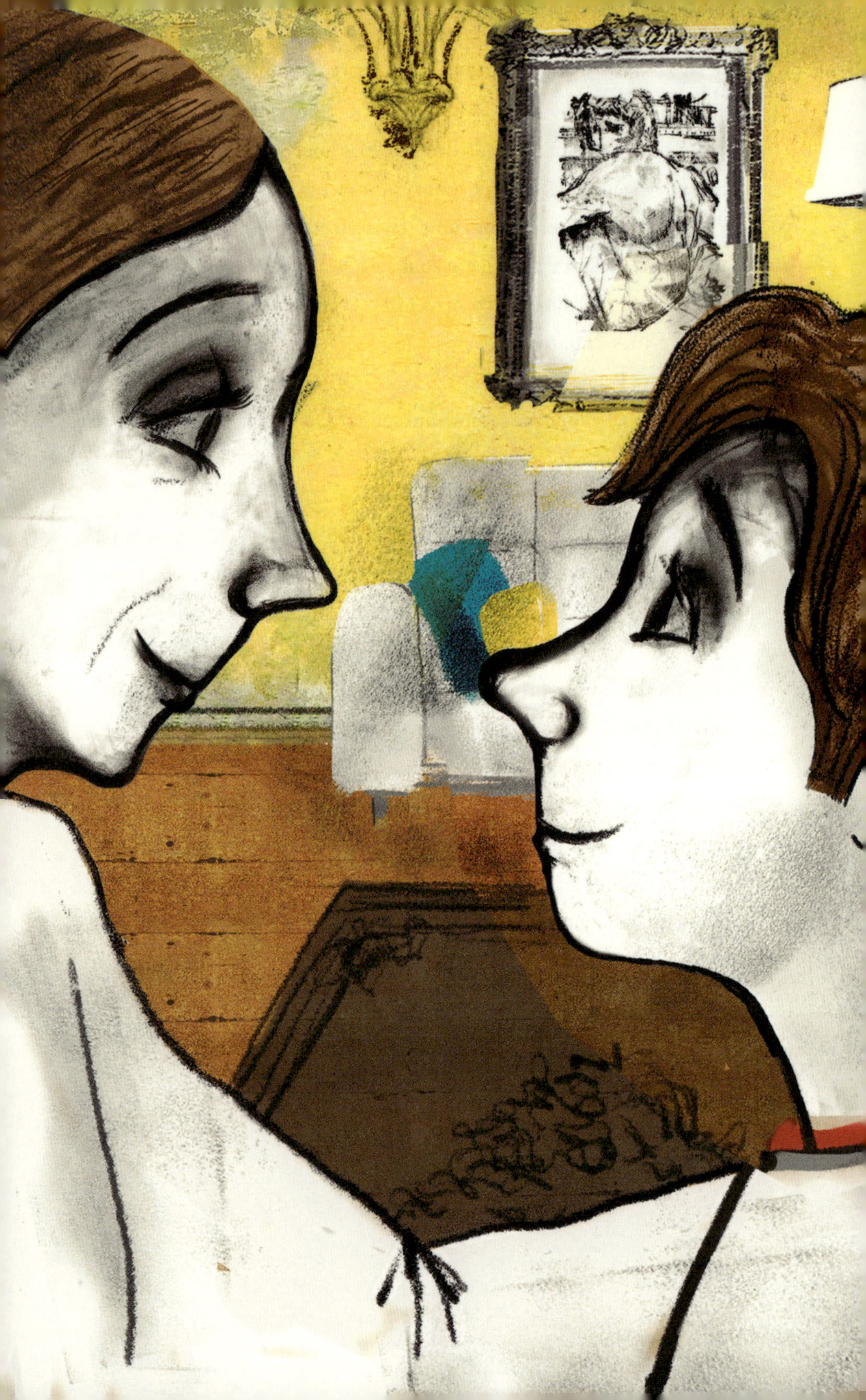

4

O amor pela família é o primeiro amor que conhecemos.

À medida que crescemos, fazemos amigos, aprendemos a querer bem. Esses amigos se tornam também uma nova família.

Um dia, nosso coração encontra outro coração. Nossa capacidade de amar se torna maior ainda. Mas essa é uma nova viagem, e Felipe a fará um dia.

O amor é como uma chama que brilha mais forte à medida que aprendemos a abrir nosso coração!